Louise Cooper

Zauberpferde

Die Prophezeiung

Dieses Buch ist den Lehrern und Schülern
der St. Agnes-Schule in Cornwall gewidmet,
die mich zum Schreiben ermutigt haben – und denen
die Schauplätze zweifellos sehr bekannt
vorkommen werden!

Louise Cooper, 1952 in England geboren, hat schon als Schulmädchen am liebsten Geschichten geschrieben. Ihr erster Fantasy-Roman »The book of Paradox« erschien 1973, als sie gerade 20 Jahre alt war. Seitdem hat sie mehr als 60 Bücher für Kinder und Erwachsene veröffentlicht. Heute lebt Louise Cooper mit ihrem Mann und ihrer Katze in Cornwall, England.

Louise Cooper

Zauberpferde

Die Prophezeiung

Aus dem Englischen von Anne Braun

Klopp · Hamburg

In der Reihe *Zauberpferde* von Louise Cooper
sind erschienen:

Zauberpferde 1 – Die Prophezeiung
Zauberpferde 2 – Der blaue Talisman

Die Originalausgabe erschien unter dem Titel »Seahorses«
First published by Puffin Books, part of Penguin Books Ltd. UK, 2003
Aus dem Englischen von Anne Braun
Einband von David Wyatt
Satz: UMP GmbH, Hamburg
Druck und Bindung: Friedrich Pustet, Regensburg
Printed in Germany 2006
ISBN-13: 978-3-7817-0332-2
ISBN-10: 3-7817-0332-0

www.klopp.biz

1. Kapitel

Dad sagte: »Gleich sind wir da«, und Lilly Weston schluckte einen Kloß im Hals hinunter. Sie schaute durch das Wagenfenster auf das kleine Dorf in Cornwall, durch das sie gerade fuhren, und fand, dass alles ziemlich trostlos aussah – genauso, wie sie sich fühlte.

Am liebsten hätte sie gesagt: »Bitte, Dad, ich will nicht hier bleiben!« Doch sie biss sich auf die Zunge. Sie wusste ja, dass ihr Dad und ihre Mum beruflich ins Ausland gehen mussten. Und ihr war auch klar, dass sie sie nicht mitnehmen konnten. Sie würden quer durch Kanada reisen und hauptsächlich in Hotels wohnen, sodass an einen regelmäßigen Schulbesuch gar nicht zu denken war. Das versuchte Lilly natürlich zu verstehen, aber es würde ein ganzes Jahr dauern, bis ihre Eltern wieder nach England zurückkehrten. In der Zwischenzeit sollte sie bei ihrer Großmutter wohnen, der Mutter ihres Vaters, in einem einsam gelegenen Haus und noch dazu in einer Gegend, die ihr völlig fremd war. Dieser Gedanke behagte ihr gar nicht und machte ihr sogar ein bisschen Angst.

Vielleicht wäre es gar nicht so schlimm gewesen, wenn sie ihre Großmutter – kurz »Nan« – besser gekannt hätte. Lilly hatte ihre Großmutter nicht mehr gesehen, seit sie fünf Jahre alt war, und konnte sich kaum noch an sie erinnern. Natürlich schrieben sie sich jedes Jahr zu Weihnachten und zum Geburtstag und schickten sich auch Geschenke, aber Nan war seit Jahren nicht mehr zu Besuch gekommen. Sie war Malerin und etwas schrullig, wie Dad manchmal scherzhaft sagte. Auf Fotos sah sie zwar ganz nett aus, aber was für ein Mensch war sie wirklich? Wer weiß, vielleicht mag Nan keine Kinder, dachte Lilly. Das würde erklären, warum sie nie zu Besuch kam, aber andererseits wäre es natürlich schrecklich. Denn wie, um alles in der Welt, sollten sie dann miteinander auskommen?

Tja, bald würde sie mehr wissen. Sie hatten das Dorf hinter sich gelassen und fuhren nun über einen schmalen Weg mit rauen, bewachsenen Steinmauern auf beiden Seiten. Dad hatte gesagt, das seien die »kornischen Hecken«. Dann machte der Weg eine Biegung und vor ihnen breitete sich ein tiefes Tal aus, das sich bis hinunter zum Meer erstreckte und auf beiden Seiten von Klippen gesäumt war. Sie fuhren einen abschüssigen Weg hinunter, ehe Dad auf einen holperigen Schotterweg abbog und Lilly kurz darauf zum ersten Mal »Chapel Cottage« erblickte.

Das Haus stand einsam inmitten eines kleinen Gartens, der von Gestrüpp und Stechginstersträuchern umgeben war. Es war aus grauen Backsteinen gebaut und wirkte an diesem trüben Oktobernachmittag kühl und nicht sehr gastfreundlich. Der Wagen rumpelte das letzte Stück des Weges entlang und hielt vor dem Haus neben einem kleinen gelben Auto an. Gerade als Dad den Zündschlüssel herauszog, wurde die Haustür geöffnet und Nan trat heraus.

Nan war eine große Frau mit einem sonnengebräunten Gesicht. Ihre schwarzen Haare hatte sie im Nacken zusammengebunden. Sie trug eine alte, ausgebeulte Schlabberhose und ein viel zu weites T-Shirt, das mit Farbklecksen übersät war. Fröhlich schritt sie auf Lillys Vater zu und fiel ihm um den Hals. Dann wandte sie sich Lilly zu. »Hallo, Lilly, mein Schatz! Ganz schön lange her, seit wir uns das letzte Mal gesehen haben, nicht wahr?«

Lilly nickte. »Ja ... Nan.«

»Ihr seid sicher erschöpft nach der langen Fahrt«, fuhr Nan fort, »also, kommt erst mal herein und trinkt einen heißen Tee, bevor wir uns um das Gepäck kümmern.«

Angeregt plaudernd führte sie Dad ins Haus, während Lilly hinter ihnen her trottete. Sie betraten die Küche, einen sehr großen und altmodisch eingerichteten Raum, der wegen der niedrigen Decke recht düster und dunkel wirkte, wie Lilly fand. Eine langhaarige Katze lag zusammengerollt auf einem Stuhl. Lilly streckte eine Hand aus, um sie zu streicheln, doch die Katze sprang mit einem Satz vom Stuhl und stolzierte davon.

Lilly setzte sich an den großen Holztisch, während Nan Tee einschenkte. Dad erzählte von Kanada und Lilly versuchte, nicht hinzuhören. Ihr war zum Heulen zumute und dieses Thema machte sie nur noch trauriger. Um sich abzulenken, schaute sie sich in der Küche um – und entdeckte etwas, das ihr Herz höher schlagen ließ.

An der Wand hing ein Pferdebild, auf dem Regal standen etliche Porzellanpferde und von einem der Holzbalken hingen kleine, runde Messingplaketten mit Pferdemotiven herunter. Lillys Laune besserte sich ein wenig. Sie träumte schon lange davon, reiten zu lernen und eines Tages vielleicht sogar ein eigenes Pony zu besitzen.

Nan bemerkte ihren Blick. »Magst du Pferde?«, fragte sie.

»Oh ja!«, sagte Lilly und ihre Augen leuchteten.

»Das stimmt«, bestätigte ihr Vater. »Sie träumt schon lange von Reitstunden, aber bei uns in der Nähe gibt es leider keine Möglichkeit.«

»Das ist hier anders«, sagte Nan. »Der nächste Reitstall liegt nur ein paar Minuten weit weg von hier.« Sie lächelte Lilly an. »In ein, zwei Tagen, wenn du dich etwas eingelebt hast, gehen wir mal dorthin.«

»Siehst du?«, sagte Dad schmunzelnd. »Du wirst gar keine Zeit haben, Mum und mich zu vermissen!«

Das stimmte natürlich nicht. Ihre Eltern fehlten Lilly jetzt schon, genau wie ihre Freundinnen und ihr ganzes bisheriges Leben. Aber wer weiß – vielleicht würde das Leben im Chapel Cottage ja gar nicht so schlimm werden. Lilly versuchte, ein fröhliches Gesicht zu machen, damit ihr Vater sich keine Sorgen machte.

»Nur keine Angst, Dad«, sagte sie und schaffte es sogar, sein Lächeln zu erwidern. »Ich werde mich hier wohl fühlen. Ganz sicher!«

Lillys neues Zimmer ging zum Tal hinaus. Es war ein schönes Zimmer mit einem bequemen Bett, einem Schrank, einer Kommode und sogar einem eigenen Waschbecken. Das Meer konnte sie vom Fenster aus leider nicht sehen, aber Nan hatte erzählt, dass der Strand nur einen kurzen Fußmarsch von hier entfernt lag, gleich am Ende des Weges, der ins Tal führte.

In Lillys Zimmer hing auch ein Pferdebild. Es war in einem ähnlichen Stil gemalt wie das Bild in der Küche, und als Lilly es genauer betrachtete, entdeckte sie in der unteren Ecke den Namen ihrer Großmutter. Sie hatte diese Bilder also selbst gemalt. Lilly mochte sie. Auffällig an ihnen war, dass sie ganz in Blau gehalten waren: der Himmel, das Licht ... Dieses Bild hier zeigte eine vom Mond beschienene Szene, auf der ein Pferd mit wehender Mähne und wehendem Schweif aus einem blauen Meer galoppiert kam. Das Pferd selbst war zwar weiß, aber sein Fell schimmerte bläulich ... Nan muss eine Schwäche für Blau haben, sagte sich Lilly und musste lächeln.

In diesem Moment trat Nan mit einem von Lillys Koffern ins Zimmer. »Na, wie gefallen dir meine Bilder?«, fragte sie.

Lilly wirbelte herum. »Sie sind toll! Besonders das hier! Ich glaube, das gefällt mir am besten.« Sie warf noch einmal einen Blick auf das Bild. »Malst du nur Pferde?«

»Fast immer«, sagte Nan. »Manchmal verwende ich aber auch andere Motive, ich muss schließlich auch ab und zu mal ein Bild verkaufen. Früher bin ich selbst geritten, weißt du, ich war sogar recht gut. Aber heute begnüge ich mich damit, Pferde zu malen und alle möglichen Pferdesachen zu sammeln.«

Lilly lächelte sie etwas schüchtern an. »Danke, dass du

das hier in mein Zimmer gehängt hast. Ich finde es toll, dass ich es jeden Morgen beim Aufwachen gleich als Erstes sehen werde.«

Nan machte ein komisches Gesicht. »Das Erste, was du sehen wirst ...«, sagte sie nachdenklich. »Hmmm, na ja, kann nichts schaden.«

Was hat sie nur damit gemeint?, fragte sich Lilly. Nans Gesicht wirkte nachdenklich und ihre Mundwinkel gingen nach unten, so als mache ihr etwas zu schaffen. Doch noch bevor Lilly nachhaken konnte, schien Nan ihre trüben Gedanken abzuschütteln und gab sich wieder unbeschwert und heiter.

»Das Abendessen ist gleich fertig. Also beeil dich mit dem Auspacken und komm dann herunter. Wir sehen uns in ein paar Minuten, okay?«

Als sie das Zimmer verließ, blickte Lilly ihr ratlos nach.

Nach dem Abendessen setzten sie sich zu dritt ins Wohnzimmer und es sollte nicht lange dauern, bis Lilly wieder unruhig wurde. Dad würde hier übernachten, aber schon früh am nächsten Morgen nach Hause zurückfahren und schon am Tag darauf würden er und Mum ins Flugzeug steigen und nach Kanada reisen. Dieser Tag rückte immer näher. Lilly wollte tapfer sein, aber am liebsten hätte sie geheult.

Nan sah sie blinzeln und lächelte sie mitfühlend an. »Unsere Unterhaltung muss ziemlich langweilig für dich sein, Lilly«, sagte sie. »Warum siehst du dich nicht ein bisschen im Haus um, während dein Vater und ich uns unterhalten?«

Nan weiß genau, wie es mir geht, dachte Lilly und nahm das Angebot ihrer Großmutter erleichtert an. Ein bisschen Herumstöbern würde sie sicher von ihren düsteren Gedanken ablenken.

Chapel Cottage war nicht sehr groß, aber dafür wunderbar verwinkelt. Es gab viele kleine Räume, verzweigte Gänge und Stufen, die von einem zum anderen Gang führten. Man konnte sich zwar nicht direkt verlaufen, aber einbilden konnte man es sich schon. Und in jedem Raum, in den Lilly schaute, hingen Pferdebilder von Nan. Die meisten waren eher klein, manche aber auch so groß wie das in Lillys Zimmer. Und erstaunlicherweise waren sie alle in Blau gehalten.

Der letzte Raum, den Lilly betrat, war Nans Atelier. Es lag am Ende des Ganges und hatte auf allen drei Seiten riesige Fenster, wodurch es fast wie ein Wintergarten aussah. Da es schon dunkel war, waren die langen Vorhänge zugezogen, aber bei Tag hatte man von hier aus sicher einen herrlichen Ausblick.

Der Raum war voller Leinwände, Farbtuben, Lappen und Flaschen – all den Dingen, die man als Maler brauchte. Auf Staffeleien standen zwei halbfertige Gemälde; auf einem sah man ein Porträt von zwei Kindern, auf dem anderen eine blaue Meer-und-Himmel-Szenerie. Schon wieder blau ... Lilly hätte fast gewettet, dass Nan ein blaues Pferd dazumalen würde.

Sie schlenderte durch den Raum und schaute sich alles genau an. In einer Ecke entdeckte sie eine Vitrine mit Glastüren. Lilly blieb davor stehen, um zu sehen, was darin war – und erstarrte.

Auf einem Brett, fast in Höhe ihrer Augen, stand eine kleine Pferdestatue. Sie war aus gebranntem Ton und im Halbdunkel wirkte die Farbe fast granitgrau. Das Pferd stand nur auf den Hinterbeinen, und obwohl es nicht sehr detailgetreu gearbeitet war, wirkte es so lebendig, dass Lilly eine Gänsehaut bekam. Alles an der kleinen Figur drückte Wut aus, angefangen von der steifen Mähne und dem starren Schweif bis zu den Zähnen, die in einer zornigen Drohgebärde gefletscht waren. Zwei rote Steinchen stellten die Augen dar, die nun im Halbdunkel bedrohlich schimmerten.

Reglos stand Lilly davor. Das kleine Pferd faszinierte sie, obwohl es etwas Abschreckendes und Gefährliches an sich hatte. Lillys erster Impuls war, aus dem Raum zu rennen und die Figur nie mehr sehen zu müssen. Doch etwas in ihr brannte darauf, die Glastür aufzumachen und die Figur anzufassen. Es war, als würde das wutschnaubende kleine Pferd sie rufen, es übte eine hypnotische Anziehung auf sie aus.

»Lilly?«

Erschrocken fuhr Lilly zusammen und der Bann war gebrochen. Komisch, sie hatte fast ein schlechtes Gewissen, als sie Nan in der Tür stehen sah. Verlegen sagte sie: »Entschuldige, ich wollte sie nur anschauen. Ich wollte sie nicht berühren.«

»Was berühren?«, fragte Nan.

Lilly schluckte. »Die Figur. Das steigende Pferd.«

»Oh«, sagte Nan. »Dann hast du es schon entdeckt?«

Lilly nickte. »Es ist ... irgendwie gruselig«, sagte sie.

»Da hast du Recht.« Nans Gesicht war plötzlich ungewohnt ernst. »Die Figur ist schon seit Jahrhunderten im Besitz unserer Familie. Ich habe sie in die Vitrine gestellt, weil ...«

Nan zögerte und Lilly führte den Satz für sie zu Ende: »Weil sie so wertvoll ist?«

»Richtig«, sagte Nan, fast etwas zu hastig. »Ja, das ist sie. Sie ist sehr wertvoll und darf auf gar keinen Fall kaputtgehen. Versprichst du mir, dass du sie nicht anfassen wirst?«

Lilly nickte. »Gut, ich verspreche es.«

»Hand aufs Herz?«

Lilly wunderte sich. Aber ein Blick in Nans Gesicht sagte ihr, dass ihrer Großmutter ein einfaches Versprechen offenbar nicht ausreichte. Sie schien auf etwas zu warten und deshalb nickte Lilly noch einmal. »Hand aufs Herz«, wiederholte sie feierlich, obwohl sie sich dabei etwas komisch vorkam.

»Gut.« Nan schien erleichtert. »Es ist schon spät. Ich denke, du solltest allmählich ins Bett gehen. Möchtest du vorher noch ein Glas heiße Milch trinken?«

Lilly merkte, dass Nan das Thema wechseln wollte, und auf einmal beschlich sie das Gefühl, dass das, was Nan ihr über die Figur gesagt hatte, nicht die ganze Wahrheit war. Es musste noch einen anderen Grund geben, warum das kleine Pferd unter Verschluss gehalten wurde. Warum tat Nan so geheimnisvoll? Das machte Lilly nur noch neugieriger. Die Sache mit dem Tonpferd kam ihr plötzlich unheimlich wichtig vor.

»Nan, warum ist die Figur ...«, versuchte sie es noch einmal, aber Nan ließ sie nicht ausreden.

»Egal, mein Schatz.« Ihre Worte waren freundlich, aber ihr Tonfall war streng. »Ich sagte, es ist Bettzeit für dich. Komm!«

Resolut führte sie Lilly aus ihrem Atelier und schloss die Tür.

Beim Hinausgehen warf Lilly noch einmal einen Blick zurück. Sie fühlte sich unwohl, aber sie wusste nicht, warum. Jedenfalls war es kein schönes Gefühl.

2. Kapitel

Mitten in der Nacht wachte Lilly auf. Sie hatte von der kleinen Pferdestatue geträumt, und obwohl sie sich nicht mehr gut erinnern konnte, war sie sich sicher, dass es ein Albtraum gewesen war.

Sie versuchte wieder einzuschlafen, aber es klappte einfach nicht. Ständig musste sie an die kleine Tonfigur denken, bis sie irgendwann richtig wütend wurde. Warum hatte sie Nan versprechen müssen, die Figur nicht anzufassen? Glaubte Nan etwa, sie würde die Statue fallen lassen? Sie war doch kein kleines Kind mehr. Und viel zu vernünftig, um Dummheiten zu machen. Mit welchem Recht schrieb Nan ihr vor, was sie tun durfte und was nicht? Wenn sie die Figur anfassen wollte, warum sollte sie nicht?

Normalerweise regte sich Lilly wegen einer solchen Kleinigkeit nicht gleich auf. Aber diesmal konnte sie nicht anders. Nach einer Weile schlief sie endlich ein, doch ihr letzter Gedanke, bevor sie wieder ins Reich der Träume entschwebte, war: *Wenn ich es will, dann tue ich es auch. Ich werde das Pferd anfassen. Jawohl!*

Als sie am nächsten Morgen aufwachte, hörte sie das Schreien der Seemöwen, die über das Haus hinweg durch das Tal flogen. Es war ein sonniger, wenn auch windiger Tag, die Luft roch frisch und salzig und vom Garten aus konnte man sogar ganz leise das Meer rauschen hören. Die schwarze Katze, die übrigens Baggins hieß, war heute zutraulich und strich schnurrend um Lillys Beine. Doch das alles fiel Lilly kaum auf. Sie war mit ihren Gedanken immer noch bei dem kleinen Tonpferd.

Beim Frühstück war sie ungewöhnlich ruhig. Dad würde bald heimfahren und er und Nan nahmen natürlich an, Lilly sei deshalb so bedrückt. Sie wären sicher aus allen Wolken gefallen, wenn sie die Wahrheit gewusst hätten. An ihren Vater und den bevorstehenden Abschied dachte Lilly jedenfalls nicht.

Sie konnte nur noch an das kleine Tonpferd denken.

Beim Abschied nahm Dad sie ganz fest in die Arme. »Kopf hoch, mein Schatz«, sagte er. »Das Jahr geht schnell vorbei, du wirst schon sehen. Also, sei tapfer, mein großes Mädchen! Und hab ganz viel Spaß hier!«

»Mach dir keine Sorgen, Peter. Ich werde gut auf sie aufpassen«, sagte Nan. »Und ruf an, wenn du zu Hause bist!«

»Klar. Und morgen rufen wir auch noch mal an, bevor wir zum Flughafen fahren.«

Lilly drückte ihrem Dad zum Abschied einen dicken Kuss auf die Wange und schaute ihm nach, bis sein Wagen hinter der Biegung verschwunden war. Vor lauter Tränen in den Augen konnte sie den Garten und die Landschaft nur noch verschwommen sehen. Hastig wischte sie sie ab, ehe sie ins Haus zurückging.

»Alles in Ordnung?«, fragte Nan, die in der Küche stand.

Lilly nickte. »Ja.«

»Ich muss kurz ins Dorf fahren und ein paar Besorgungen machen. Willst du mitkommen?«

Lillys Herz machte einen kurzen, aufgeregten Sprung. »Hm ... eher nicht«, sagte sie. »Ich würde lieber in mein Zimmer gehen.«

»Kein Problem. Du kannst ja morgen mitkommen.«

Lilly rannte die Stufen hinauf, und als sie in ihrem Zimmer war, schlug sie die Tür hinter sich zu und ließ sich aufs Bett fallen. Vor lauter Aufregung war sie fast atemlos. Nan würde weggehen, was bedeutete, dass sie das Haus eine Weile für sich alleine hatte.

Und im Atelier stand das kleine Tonpferd, das diese magische Anziehungskraft auf sie ausübte ...

Wenige Minuten später rief Nan herauf, dass sie jetzt gehen würde. Lilly hörte die Haustür ins Schloss fallen. Das gelbe Auto sprang an und fuhr davon. Lilly wartete, bis das Brummen des Motors in der Ferne verhallt war, erst dann stand sie auf und ging in den Flur. Ihr Herz fühlte sich an wie ein Grashüpfer und sie ertappte sich dabei, dass sie auf Zehenspitzen die Treppe hinunterschlich. Wie albern – es war doch niemand da, der sie hören konnte! Trotzdem konnte sie das Gefühl nicht abschütteln, dass da noch etwas war, etwas Anderes, Unsichtbares, ein körperloses Wesen, das ihr heimlich folgte.

Unten im Eingangsbereich wurde das Gefühl, beobachtet zu werden, so stark, dass Lilly einen Blick über ihre Schulter warf. Reine Einbildung! Es war natürlich niemand da. Baggins schlief friedlich auf einem Küchenstuhl und hob nicht einmal den Kopf, als Lilly an ihm vorbei in Nans Atelier ging.

Offenbar war Nan heute Morgen schon hier gewesen, denn die Vorhänge waren aufgezogen. Man hatte wirklich eine traumhafte Aussicht, aber dafür hatte Lilly jetzt keinen Blick übrig. Sie ging schnurstracks auf die Glasvitrine zu und starrte durch die Scheibe.

Das Tonpferd stand noch an seinem Platz. Sie hatte schon befürchtet, Nan hätte es versteckt, aber ganz offensichtlich vertraute sie darauf, dass Lilly ihr Versprechen hielt. Prompt bekam Lilly Gewissensbisse. Sie wusste ja, dass es falsch war, ihr Versprechen zu brechen. Aber was konnte schon so schlimm daran sein, wenn sie das kleine Pferd nur einmal kurz in die Hand nahm? Sie wollte es einfach mal aus nächster Nähe anschauen, um es dann vorsichtig wieder zurückzustellen. Nan würde also nie erfahren, dass sie es aus der Vitrine entfernt hatte.

Die Glastür war nicht abgeschlossen, aber sie klemmte, so als wäre sie lange nicht mehr geöffnet worden. Erst als Lilly heftig daran rüttelte, ging die Tür endlich auf. Die ganze Vitrine wackelte. Auch das kleine Pferd begann zu schwanken, bis es plötzlich umkippte.

»Oh nein!« Erschrocken streckte Lilly beide Arme aus, um die Figur aufzufangen. Einen schrecklichen Moment lang befürchtete sie, sie würde ihr aus den Händen gleiten und auf den Boden fallen. Doch im allerletzten Augenblick schlossen sich ihre Finger um das Pferd. Vor Erleichterung holte Lilly tief Luft und langsam normalisierte sich ihr Puls wieder. Erst dann konnte sie die Statue genauer betrachten.

Das Pferd bestand tatsächlich aus granitgrauem Ton und war alles andere als schön. Es war sogar richtig hässlich, wie Lilly nun feststellte, mit seinem viel zu plumpen Kopf, den flach angelegten Ohren und dem wilden Gesichtsausdruck. Es sah aus wie ... hm, wie was? Lilly suchte nach dem richtigen Wort und fand es schließlich auch. Das Pferd sah grausam aus.

Sie drehte die Figur um und sah, dass etwas in den Sockel eingraviert war.

»*Gweetho An Men Ma ...*«, murmelte sie vor sich hin. Was sollte das bedeuten? Diese Sprache war ihr völlig unbekannt und sie konnte sich keinen Reim darauf machen.

Lilly lief es kalt den Rücken hinunter. Die Figur hatte etwas an sich, das ihr Angst machte. Was war es nur, das sie so sehr faszinierte, dass sie sogar ihr Versprechen Nan gegenüber gebrochen hatte? All diese Fragen schrumpften plötzlich zu einem Nichts und in Lilly stieg ein Gefühl von Panik hoch. Plötzlich wollte sie das Pferd nicht mehr anfassen. Es war ihr unheimlich. Sie wollte es nur möglichst schnell zurückstellen und vergessen, dass sie es jemals gesehen hatte.

Hastig drehte sie sich wieder zur Vitrine und streckte die Arme aus, um das Pferd zurückzustellen – als dieses sich auf einmal bewegte.

Lilly stieß einen leisen Schrei aus und riss ruckartig die Hände weg. Sie hatte das Pferd nicht loslassen wollen, aber sie konnte nichts dagegen tun. Einen schrecklichen Moment lang musste sie mit ansehen, wie sich die kleine Figur in der Luft drehte. Mit erschreckender Klarheit sah Lilly voraus, was gleich passieren würde.

Die Figur schlug auf dem Boden auf und zerschellte in unzählige kleine Stücke. Im selben Moment durchfuhr Lilly ein zweiter Schreck: Ein Lichtstrahl zuckte durch den Raum und Lilly glaubte, einen gespenstischen, glockenähnlichen Ton zu hören – fast wie das schrille Wiehern eines Pferdes. Sie stand da wie erstarrt und schaute fassungslos auf die vielen Scherben. Von einer Sekunde auf die andere war das Licht verschwunden und das merkwürdige Geräusch war auch nicht mehr zu hören, Lilly war sich jedoch ganz sicher, dass sie sich das Ganze nicht eingebildet hatte. Was hatte das zu bedeuten? Was hatte sie angerichtet?

Panisch fiel sie auf die Knie und begann, die vielen Bruchstücke zusammenzuschieben. Aber es waren so viele, sie würde sie niemals alle wiederfinden, sie würde nie ...

»Lilly?«

Entsetzt hob Lilly den Kopf. Sie hatte das Auto ihrer Großmutter nicht gehört und plötzlich stand Nan in der Tür! Sie war völlig reglos und ihr Gesicht war leichenblass.

»Ich ...« Lilly schluckte. »Ich wollte es nicht ... Ich hatte es nur kurz in der Hand, aber dann hat es sich *bewegt* und ...«

Nan holte tief Luft, dann explodierte sie. »Du dummes, törichtes Kind!«, rief sie. »Was habe ich dir gesagt!«

»Es tut mir Leid«, sagte Lilly.

»Was nützt das? Die Figur ist kaputt! Oh, du Dummkopf! Du Tollpatsch!« Mit zwei großen Schritten war Nan bei ihr. Lilly dachte, sie würde sie am Arm packen und heftig hin und her schütteln, doch das tat Nan nicht. Stattdessen kniete sie sich neben Lilly auf den Boden und begann hektisch, die Scherben zusammenzuschieben. »Hilf mir!«, rief sie. »Wir müssen alle Einzelteile einsammeln! Alle, hast du gehört! Keine einzige Scherbe darf verloren gehen!«

Mit Tränen in den Augen tat Lilly, was Nan ihr sagte. Der Wutausbruch ihrer Großmutter machte ihr mindestens ebenso große Angst wie der unerklärliche Zwischenfall mit der Figur. Nan schien sich jedoch schnell wieder gefangen zu haben. Ein unheilvolles Schweigen lag über dem Raum, während sie mit beiden Händen alle Bruchstücke der Pferdefigur zusammenschoben. Von ihrem schlechten Gewissen angetrieben, schaute Lilly unter alle Möbelstücke und kroch in alle Ecken und Winkel, bis sie sich ganz sicher war, dass nichts mehr herumlag.

»Hoffen wir's«, sagte Nan streng, als Lilly ihr sagte, sie hätte alles eingesammelt. Dann ließ sie plötzlich die Schultern sinken. »Lilly, es tut mir Leid, dass ich dich angebrüllt habe. Es war nicht so gemeint. Ich bekam nur so einen Schreck.«

Lilly biss sich auf die Lippen. »Es war meine Schuld, Nan. Du hattest mir verboten, das Pferd anzufassen.«

»Stimmt.« Nan seufzte. »Hör mal, ich glaube, es ist am besten, wenn du für eine Weile aus dem Haus gehst. Geh für ein Stündchen an den Strand, damit ich hier in Ruhe aufräumen kann. Hinterher werden wir uns beide besser fühlen.«

Lilly hatte eigentlich keine Lust auf einen Spaziergang, doch sie war zu mitgenommen und verstört, um zu widersprechen. Außerdem war sie noch gar nicht am Strand gewesen und vielleicht würde die Seeluft ihr wirklich helfen, sich wieder zu beruhigen. Vermutlich war es das Beste, Nan für eine Weile alleine zu lassen.

Nan suchte immer noch den Fußboden ab, so als würde sie sich nicht darauf verlassen, dass Lilly wirklich alle Bruchstücke eingesammelt hatte. In der Tür blieb Lilly noch einmal kurz stehen und setzte zu einer weiteren Entschuldigung an. Doch Nan blickte nicht einmal auf.

Am Boden zerstört, ging Lilly in den Flur, nahm ihren Mantel vom Haken und schlüpfte leise aus dem Haus.

3. Kapitel

Von der Gartentür führte ein Trampelpfad hinunter zum Strand. Missmutig stapfte Lilly den Weg entlang und warf hin und wieder einen Blick auf die hohen Klippen zu beiden Seiten. Sie konnte das Meer riechen, noch ehe sie es sah: Es war ein scharfer, frischer, durchdringender Geruch, der in ihrer Nase kribbelte und ihr half, wieder einen klaren Kopf zu bekommen. Nach einer Weile verbreiterte sich das Tal und die Küste lag direkt vor ihr.

Es war Ebbe und eine gewaltige, verlassene Ausdehnung glatten, hellen Sandes erstreckte sich in einem breiten, schwungvollen Bogen bis zu den wuchtigen, zerklüfteten Landzungen auf beiden Seiten. Jenseits dieser Landzungen waren die weißen Linien der Brandung zu sehen. Lilly konnte sie rauschen hören und trotz der großen Entfernung auch den feinen Gischtnebel auf ihrem Gesicht spüren, den der Wind bis zu ihr trug. Es war ein beeindruckender Anblick, in dem aber auch etwas Bedrohliches lag. Lilly ignorierte dieses Gefühl und tapste über die vielen Steine aller Größen und Formen bis hinunter zum Sandstrand.

Jenseits der Landzungen erstreckte sich der Strand weiter in beide Richtungen. Am Fuße der Klippen waren Höhlen, spitze Felsen und Tümpel zu sehen, weiter rechts ein verfallenes Steingebäude mit einem hohen Schornstein, das windschief auf einer Felskuppe thronte. Die Ruine wirkte so abschreckend auf Lilly, dass sie sich lieber nach links wandte und langsam durch den weichen Sand am Wasser entlangging. Dass ihr dieses Missgeschick mit der Tonfigur passiert war, machte ihr immer noch zu schaffen und durch Nans Wutausbruch wurde das Ganze nur noch schlimmer. Warum hatte sie nicht auf ihre Warnung gehört? Es war, als hätte jemand – oder etwas – sich in ihren Kopf eingeschlichen und sie dazu gezwungen, ungehorsam zu sein. Und als sie das Pferd in der Hand gehalten hatte, hatte es sich von selbst bewegt. Als wenn die Figur es darauf angelegt hätte, zu zerbrechen.

Ein kalter Schauer lief Lilly über den Rücken. Sie blieb stehen und blickte aufs Meer hinaus. Es sah grau und kalt aus da draußen, stürmische Wellen rollten heran und überschlugen sich. In einiger Entfernung von der Küste ragte ein mächtiger Fels aus dem Wasser. Wegen der tief hängenden Wolken und der Gischt waren seine Umrisse nur undeutlich zu erkennen, aber Lilly konnte die weiß gekräuselten Brecher sehen, die dagegenschlugen. Der Fels wirkte bedrohlich und gefährlich. Rasch drehte Lilly sich wieder um und vergrub ihre kalten Hände in den Taschen ihrer Jeanshose.

Auf einmal ertasteten ihre Finger etwas Kleines, Hartes. Verwundert holte sie den Gegenstand heraus und drehte ihn hin und her. Im ersten Moment konnte sie nichts damit anfangen, es schien nur ein scharfkantiger Stein zu sein. Doch dann drehte sie ihn um und entdeckte ein glitzerndes rotes Kügelchen, das sich deutlich von dem grauen Stein abhob. Oh nein! Es war ein Bruchstück der zerbrochenen Figur; ein Teil des Pferdekopfs. Sie musste es während ihrer fieberhaften Jagd auf alle Einzelteile achtlos in ihre Tasche gesteckt und dann vergessen haben.

Eine Erinnerung an die Pferdefigur war das Letzte, was Lilly jetzt brauchen konnte, und im ersten Moment dachte sie daran, die Scherbe ins Meer zu werfen. Doch dann fiel ihr ein, dass Nan gesagt hatte, wie wichtig es wäre, alle Einzelteile einzusammeln. Wer weiß, vielleicht wollte ihre Großmutter das Pferd wieder zusammenkleben. Lilly beschloss, den Stein lieber wieder mit nach Hause zu nehmen.

Seufzend schob sie ihn in ihre Tasche zurück und drehte sich um, um sich auf den Heimweg zu machen. Als sie die Landzunge umrundete, sah sie, dass sie nicht mehr allein am Strand war. Vier Pferde preschten auf sie zu. Auf einem von ihnen saß ein Reiter, der die anderen drei Tiere an Stricken hinter sich herführte. Ach ja, Nan hatte erwähnt, dass es hier im Tal einen Reitstall gab. Wahrscheinlich gehörten die Pferde dorthin. Lilly blickte ihnen interessiert entgegen. Der Reiter war ein dunkelhaariger Junge, etwa in ihrem Alter. Auf Lillys Höhe angekommen, ließ er sein Pferd anhalten.

»Hallo!«, rief er.

»Hallo!« Lilly strich sich eine Strähne aus dem Gesicht und lächelte ihn schüchtern an. Dann machte sie eine Kopfbewegung zu den anderen Tieren. »Gehören die alle dir?«

»Ja. Na ja, besser gesagt, meinen Eltern. Magst du Pferde?«

»Oh ja!« Lilly musste an die Tonfigur denken und fügte trocken hinzu: »Zumindest lebendige.«

»Kannst du reiten?«

Sie schüttelte den Kopf. »Nein, hab ich leider nie gelernt. Würde ich aber gern.«

Der Junge grinste. »Dann bist du hier richtig! Uns gehört der Reitstall oberhalb des Tals. Machst du hier Urlaub?«

Lilly schüttelte den Kopf. »Nein, ich wohne einige Zeit bei meiner Großmutter, weil meine Eltern beruflich nach Kanada müssen«, erklärte sie ihm. »Sie wohnt auch hier im Tal, im Chapel Cottage.«

»Ah! Dann ist deine Großmutter bestimmt Mrs Weston, die Malerin.« Der Junge schien sich zu freuen. »Hey, dann sind wir ja Nachbarn.«

Mit einem eleganten Satz, um den Lilly ihn beneidete, sprang er von seinem Pferd ab. »Ich bin Joel Richards. Und wie heißt du?«

»Lilly Weston.«

Eines der Pferde, ein fast weißes Tier, ein so genannter Apfelschimmel, streckte seine Schnauze vor, um von Lilly gestreichelt zu werden. Es wieherte, sie konnte seinen Atem an ihrer Hand spüren und ein warmer, angenehmer Pferdegeruch kitzelte in ihrer Nase.

»Der ist ja süß«, sagte sie. »Wie heißt er?«

»Moonlight«, antwortete Joel. Dann zeigte er auch auf die anderen Pferde. »Der da ist Pippin, das ist Jester und geritten bin ich auf Sally-Ann.«

Moonlight beschnupperte Lillys Mantel und hoffte vermutlich auf einen kleinen Leckerbissen. »Moonlight ist ein kleiner Vielfraß«, sagte Joel grinsend, ehe er hinzufügte: »Wieso hast du ›lebendige Pferde‹ gesagt? Deine Großmutter malt ja auch welche. Gefallen dir ihre Bilder nicht?«

»Doch, doch, sie sind klasse. Es ist nur so, dass ...« Lilly verstummte abrupt, als sie merkte, dass sie einem wildfremden Jungen um ein Haar die ganze Geschichte vom grauen Tonpferd erzählt hätte. »Hm, das ist eine lange Geschichte«, sagte sie mit einem Schulterzucken.

»Kein Problem, ich hab massenhaft Zeit.« Und in einem ernsteren Ton fügte er hinzu: »Im Ernst. Du siehst aus, als müsstest du dich aussprechen. Also, schieß los!«

Zu ihrer eigenen Überraschung und noch ehe sie gemerkt hatte, was sie da tat, redete sich Lilly auf einmal alles von der Seele. Joel hörte aufmerksam zu, als sie ihm erzählte, wie die Figur kaputtgegangen war und wie Nan reagiert hatte. Als Lilly fertig erzählt hatte, holte sie das kleine Bruchstück aus ihrer Tasche und sagte: »Und dabei hätte ich alle Teile einsammeln sollen. Das hier muss ich jetzt schnell zu Nan bringen, bevor sie merkt, dass es fehlt. Sonst bekomme ich noch mehr Ärger.«

Sie streckte die Hand aus, um es ihm zu zeigen. Moonlight hatte bisher ruhig dagestanden, halb dösend, wie Pferde es manchmal tun, doch als Lillys Hand dicht vor seiner Schnauze war, riss er plötzlich den Kopf zurück. Er legte die Ohren an, blähte die Nüstern und machte einen Satz rückwärts. Dabei stieß er ein Wiehern aus, das halb ängstlich, halb wütend klang.

»Moonlight!« Schnell packte Joel den Führstrick fester, denn es sah so aus, als wollte Moonlight ausbrechen und wegrennen. »Ruhig, mein Junge, ganz ruhig! Was ist in dich gefahren?«

Verblüfft starrte Lilly zuerst auf das Pony, dann auf das Steinchen in ihrer Hand. »Es ist wegen der Scherbe«, sagte sie erschrocken. »Er hat sie gesehen und mag sie nicht.«

»Ach was!« Joel tätschelte Moonlight beruhigend. »Das ist doch nur eine Tonscherbe. Gib mal her!« Er nahm sie aus Lillys Hand und hielt sie Moonlight vor die Schnauze. »Siehst du, mein Freund? Es ist nur ein lebloser Stein, schau!«

Moonlight warf nur einen kurzen Blick darauf, ehe er erneut einen Schritt rückwärts machte und schnaubte.

Joel war überrascht. »Du hast Recht, er mag sie nicht. Schon gut, Moonlight, schon gut.« Er gab Lilly die Scherbe zurück. »Steck sie besser wieder ein, damit er sie nicht mehr sieht.«

Lilly überlegte. Hatten Tiere nicht so etwas wie einen sechsten Sinn? Sie spürten, wenn etwas in ihrer Umgebung nicht in Ordnung war. Auf einmal wollte sie die Scherbe nur noch so schnell wie möglich loswerden, sie nicht mehr in ihrer Nähe haben.

»Ich glaube, ich werfe sie besser weg«, sagte sie leise und drehte die Scherbe in ihren Händen.

Joel zuckte mit den Schultern. »Wenn du meinst ...«

»Aber Nan ...«

»Sie wird es doch gar nicht mitkriegen, wenn du es ihr nicht erzählst.«

Das stimmte. Lilly versuchte sich einzureden, dass sie sich albern benahm, dass eine kleine Scherbe doch gar keinen Schaden anrichten konnte. Aber es musste einen Grund für Moonlights merkwürdiges Verhalten geben. Und auf einmal fiel ihr auch wieder ein, wie sich das kleine Tonpferd in ihrer Hand aufgebäumt hatte, ehe es zu Boden fiel.

Ich will nichts mehr damit zu tun haben! Kaum war ihr dieser Gedanke durch den Kopf geschossen, drehte sie sich auch schon um und lief aufs Wasser zu. Als sie am Ufer stand, hatte sie den Eindruck, die Brecher würden immer größer werden und in ihren Ohren dröhnen. Im Nebel ragte der schroffe Fels in der Ferne bedrohlich aus dem Wasser.

Lilly holte aus und schleuderte die Tonscherbe so weit aufs Meer hinaus, wie sie nur konnte.

Danach ging sie zu Joel zurück, der bei den Pferden auf sie wartete.

»Na, besser?«, fragte er.

Lilly nickte. Sie fühlte sich tatsächlich erleichtert.

»Aber ich muss jetzt nach Hause gehen«, sagte sie. »Sonst macht Nan sich Sorgen.«

»Versprich mir, dass du mich und die Pferde mal besuchen kommst!«, sagte Joel. »Wann immer du willst.«

»Ja. Mach ich gern.«

Er stieg wieder auf Sally-Anns Rücken und Lilly blickte ihm und den davontrabenden Pferden lange nach. Erst nach einer Weile fiel ihr auf, dass sich der Himmel noch mehr verdunkelt hatte und in der Ferne über dem Meer ein Regenschleier hing. Lilly fröstelte und ging rasch zum Weg zurück. Einmal drehte sie sich noch um. Joel und die Pferde waren inzwischen schon weit weg, aber sie konnte Moonlight noch deutlich sehen. Im düsteren Licht hatte sein weißes Fell einen blauen Schimmer angenommen.

Genau wie die Pferde auf Nans Bildern.

4. Kapitel

Der Wind war stärker geworden, und als Lilly wieder am Chapel Cottage ankam, spürte sie die ersten Regentropfen. Zuerst glaubte sie, Nan sei nicht zu Hause. Doch dann hörte sie Geräusche aus dem Atelier. Lilly öffnete die Tür und sah, dass Nan noch immer den Fußboden absuchte. Als sie Lillys Schritte hörte, blickte sie auf.

»Ein Stück der Figur fehlt!«, sagte sie aufgeregt. »Ich kann es einfach nicht finden.«

Lilly sah zu Boden und lief auf der Stelle rot an. Dann gab sie sich einen Ruck und erzählte Nan, was sie getan hatte.

»Es tut mir Leid, Nan«, sagte sie zum Abschluss, »aber ich wollte die Scherbe plötzlich nur noch so schnell wie möglich loswerden. Ich wollte sie keine Sekunde länger mit mir herumtragen!«

Eigentlich hatte sie erwartet, dass Nan wieder zornig werden würde – doch das war nicht der Fall. Sie stieß nur einen tiefen Seufzer aus. »Oh, Lilly. Das kann ich dir nicht einmal verdenken.« Langsam richtete sie sich auf. Lilly sah den traurigen Ausdruck in ihren Augen. Lag nicht sogar etwas

Angst darin? »Es ist, wie es ist«, sagte Nan nach einer Weile. »Jetzt lässt sich die Figur nicht mehr reparieren. Am besten, ich vergrabe die Einzelteile hinten im Garten.«

»Vergraben?«, wiederholte Lilly verwundert. »Warum denn das?«

Nan schüttelte den Kopf. »Egal. Am besten, wir reden nicht mehr darüber.«

»Aber ...«

»Lilly!« Nans Stimme klang jetzt sehr streng. »Ich sagte, ich will nicht darüber reden!«

Sie nahm die Tüte mit den Bruchstücken und ging damit in die Küche. Lilly folgte ihr und sah, dass sie die Hintertür öffnete.

»Kann ich dir helfen?«, fragte sie schüchtern.

»Nein«, antwortete Nan. Sie nahm eine Schaufel von der Fensterbank und ging in den Garten. Von der Tür aus konnte Lilly sehen, wie Nan ganz nach hinten ging, bis hinter die Blumenbeete, sich hinkniete und anfing, eine Grube auszuheben. Es dauerte ziemlich lange, bis die Grube tief genug war, und Lilly fragte sich, warum sie sich so viel Mühe machte. Dann endlich schien Nan zufrieden zu sein. Sie warf die Tüte in das Loch und begann, die Erde wieder aufzufüllen. Dabei bewegten sich ihre Lippen. Sie murmelte etwas vor sich hin, doch Lilly war zu weit weg, um es zu verstehen. Nervös trat Lilly in der Tür von einem Fuß auf den anderen. Ihr war nicht wohl in ihrer Haut. Was machte Nan da? Warum hatte sie die Scherben unbedingt vergraben wollen? Was war damit?

Nan warf die letzte Schaufel voll Erde in das Loch und

strich dann den Boden glatt. Als sie sich gerade wieder aufrichtete, ertönte ein tiefes Tosen aus Richtung des Meeres. Es klang wie ein heranbrausender D-Zug. Lilly drehte sich in die Richtung, aus der das Geräusch kam ...

Ein gewaltiger Windstoß kam durch das Tal gefegt und brauste mit einer solchen Gewalt durch den Garten, dass er Nan beinahe umgerissen hätte. Nur mit Mühe konnte sie sich noch auf den Beinen halten und Lilly stieß einen erschrockenen Schrei aus.

»Nan! *Nan!*«

Der Schrei wurde ihr von den Lippen gerissen und sie musste sich am Türrahmen festhalten, weil die heftige Sturmböe auch sie umzuwerfen drohte. Die Haare wurden ihr ins Gesicht gepeitscht, sodass sie nur verschwommen sehen konnte, wie Nan sich zum Haus durchkämpfte. Lilly bekam einen von Nans wild um sich schlagenden Armen zu fassen, ihre Finger berührten sich, verkrallten sich ineinander und Lilly zog mit aller Kraft.

Sobald Nan über die Türschwelle taumelte, legte sich der tosende Wind von einer Sekunde auf die andere. Eben noch hatte er sie wegzuwehen gedroht und auf einmal herrschte eine geradezu beängstigende Stille. Verwirrt schüttelte Lilly den Kopf, und erst als Nan etwas sagte, erwachte sie aus ihrer Benommenheit.

»Mach die Tür zu! Und schließ ab!« Mit schnellen Schritten war Nan am Fenster und schlug es zu. »Wir müssen alles zumachen, die Fenster, die Türen, alles!«

Lillys Stimme bebte. »W-warum, Nan? Was ist los? Dieser Wind ...«

»Kein Grund zur Sorge«, sagte Nan. »Aber ich fürchte, ein Sturm ist im Anzug, und zwar ein recht heftiger. Es ist besser, wir gehen auf Nummer Sicher und verriegeln alles!«

Lilly spürte, dass Nan ihr nicht die ganze Wahrheit sagte. Dahinter steckte doch noch mehr; etwas, das Nan ihr verschwieg. Und es musste mit der Figur zu tun haben!

»Nan!«, rief Lilly. »Was hat das alles zu bedeuten?«

Doch Nan eilte ohne zu antworten aus der Küche.

Bis zum späten Nachmittag hatte sich der Wind zu einem orkanartigen Sturm gesteigert. Dunkle Wolken fegten über das Haus hinweg. Der Himmel war eine einzige violettschwarze Wolke. Und es sollte auch nicht lange dauern, bis vom Meer her ein heftiger Regenschauer einsetzte. Dicke Tropfen peitschten durch das Tal, mit einer solchen Kraft, als hätte jemand einen riesigen Feuerwehrschlauch aufgedreht. Es war, als wäre die Welt da draußen von dieser Wasserwand ausgelöscht worden, und Chapel Cottage erzitterte und erbebte unter den wütenden Sturmböen.

Gleich nach dem Abendessen ging Lilly in ihr Zimmer. Sie machte das Licht an und zog die Vorhänge zu, um den stürmischen Abend auszublenden. Sie versuchte, ein Buch zu lesen, konnte sich aber einfach nicht konzentrieren. Hier oben war das Tosen des Sturms noch viel lauter als unten und das Licht flackerte ständig, als wollte es jeden Moment ausgehen. Lilly hätte natürlich wieder hinuntergehen können, in das warme, gemütliche Wohnzimmer, doch da war Nan. Und irgendwie hielt Lilly es für ratsamer, ihrer Großmutter vorläufig aus dem Weg zu gehen.

Sie war unruhig und traurig. Ihr Vater hatte schon angerufen, um zu sagen, dass er gut zu Hause angekommen war, und sie hatte auch mit ihrer Mutter gesprochen. Den Zwischenfall mit der Tonfigur hatte sie ihnen allerdings nicht erzählt. Was hätte sie auch sagen sollen? Dass sie Nan nicht gehorcht hatte und diese nun böse auf sie war? Und dass sie sich vor einer Scherbe fürchtete? Das hätte sich verrückt angehört und deshalb hatte sie lieber den Mund gehalten. Außerdem – wenn sie ihren Eltern ihr Herz ausgeschüttet hätte, hätten sie sich womöglich Sorgen gemacht. Und was hätten sie schon tun können? Nein, es war genau richtig gewesen, ihnen nichts zu erzählen.

Seufzend griff Lilly wieder nach ihrem Buch und versuchte, nicht auf das Tosen des Sturms zu hören. Doch das war unmöglich. Wie gespenstisch – warum ließ das Dröhnen, Prasseln und Brausen sie an Pferde denken? Das Wüten der Sturmböen klang fast wie ein zorniges Wiehern und der Regen, der auf die Dachziegel prasselte, erinnerte an trommelnde, galoppierende Hufe. Geh weg, geh weg!, sagte sich Lilly im Stillen trotzig. Ich will dich nicht hören! Oh, geh w–!

Als plötzlich das Deckenlicht ausging, stieß sie einen erstickten Schrei aus und zuckte wie ein verschrecktes Kaninchen zusammen. Dunkelheit verschlang den Raum. Voller Panik tastete Lilly nach ihrer Nachttischlampe, doch als sie auf den Schalter drückte, passierte nichts.

Das Herz klopfte ihr bis zum Hals, als sie aufstand und sich zur Tür vortastete. Sie stieß gegen einen Stuhl, der krachend umfiel. Sie war heilfroh, als ihre Finger endlich die

Türklinke fanden. Doch auch draußen im Flur war alles dunkel. Vorsichtig tapste Lilly durch das Dunkel und war überglücklich, als am Fuß der Treppe plötzlich ein Licht aufflackerte und sie Nans Stimme hörte: »Lilly? Alles in Ordnung?«

Nan stand unten an der Treppe und hatte eine Taschenlampe in der Hand. »Ein Kurzschluss«, sagte sie. »Der Sturm muss die Stromleitungen beschädigt haben. Das kommt öfter mal vor. Komm lieber nach unten.«

Nans Gesellschaft war Lilly tausendmal lieber als der Gedanke, oben in ihrem Zimmer allein im Dunkeln zu sitzen. Der Strahl von Nans Taschenlampe leitete sie die Stufen hinunter und ins Wohnzimmer. Dort brannte ein Feuer und Nan zündete auch die beiden Kerzen auf dem Kaminsims an.

»So ist es besser«, sagte sie, als die tänzelnden Kerzenflammen den Raum notdürftig erhellten.

Lilly schaute sich um. Der Schein des Feuers im offenen Kamin war anheimelnd, doch dahinter schienen Schatten zu lauern.

»Wie lange dauert so ein Stromausfall normalerweise?«, fragte sie und merkte, wie ihre Stimme bebte.

»Oh, wahrscheinlich haben wir erst morgen wieder Strom«, antwortete Nan mit einem beruhigenden Lächeln. »Aber mach dir keine Sorgen, daran gewöhnt man sich. Zum Glück habe ich einen Gasherd und kann uns einen schönen heißen Tee oder Kakao machen!«

Nan versuchte, sie aufzuheitern, doch Lilly hatte den leisen Verdacht, dass sie auch sich selbst aufheitern wollte.

Das beunruhigte sie nur noch mehr. Sie setzte sich auf einen Stuhl in der Nähe des Feuers und musste ein Frösteln unterdrücken.

»Sollen wir etwas spielen?«, fragte Nan. »Ich habe Monopoly und Scrabble da. Aber bei diesem Licht wäre ein Kartenspiel vermutlich besser.«

Ein Spiel war besser als nichts und so spielten sie etwa eine Stunde lang Rommee und Mau-Mau. Danach brachte Nan Lilly bei, wie man Patiencen legt, ließ sie dann für eine Weile damit allein und ging in die Küche, um heiße Schokolade zu machen. Lilly rührte die Karten nicht an. Sie saß nur da und lauschte auf das Tosen des Sturms, der um das Haus heulte, auf das Wüten und Fauchen des Windes, das Prasseln und Zischen des Regens. Es klang tatsächlich wie Pferde: ungestüme, gefährliche Pferde in wilder Flucht. Solche Pferde wie das kleine grausame Tonpferd, dessen Bruchstücke jetzt hinten im Garten vergraben waren ...

Auf einmal hatte Lilly das Gefühl, die Spannung keine Sekunde länger ertragen zu können. Sie rannte in die Küche.

»Nan!« Ihre Großmutter stand im trüben Schein einer Kerze am Herd. »Nan, ich habe solche Angst! Ich weiß, dass etwas im Gange ist, und ich weiß auch, dass es mit der Figur zu tun hat, die ich kaputtgemacht habe!«

»Lilly ...«, sagte Nan beschwichtigend.

»Bitte, Nan!«, versuchte es Lilly noch einmal. »Tu nicht so, als wüsstest du nicht, was ich meine. Ich habe gesehen, dass im Sockel Wörter eingraviert waren. Was bedeuten sie? War es ein Fluch?« Tränen schossen ihr in die Augen. »Oh, Nan, was hab ich nur getan!«

Im ersten Moment schien Nan ungehalten, doch dann stürzte ihre Mauer der Abwehr ein. Sie fuhr sich über die Stirn und sagte: »Na schön, ich werde es dir erzählen. Das hatte ich ursprünglich nicht vor, aber vielleicht hast du doch das Recht, alles zu erfahren.« Sie holte tief Luft. »Ich mache schnell die heiße Schokolade fertig. Dann gehen wir ins Wohnzimmer zurück und reden in aller Ruhe.«

Wie ein Echo auf diese Worte heulte draußen der Wind auf und Lilly lief ein kalter Schauer über den Rücken.

5. Kapitel

Es ist eine sehr alte Geschichte«, begann Nan mit leiser Stimme. »Meine Großmutter hat sie mir erzählt, als ich noch jung war, und sie selbst hat sie vor langer, langer Zeit von ihrer eigenen Großmutter gehört.«

Sie saßen zusammen auf dem Sofa. Die Becher mit der dampfenden Schokolade standen auf dem Couchtisch, doch keine von ihnen hatte bisher auch nur daran genippt. Der Wind ließ das ganze Haus erbeben, Regentropfen prasselten an die Fenster. Baggins lag auf der Armlehne des Sofas und schlief. Lilly hörte aufmerksam zu, als ihre Großmutter weitererzählte.

»Diese Statue war seit Jahrhunderten im Besitz unserer Familie«, sagte Nan. »Die im Sockel eingravierten Worte sind in der altkornischen Sprache geschrieben und bedeuten: ›Hüte den Stein‹. Doch sie sind nur der Anfang eines Verses.«

Nan erhob sich, ging ans Bücherregal und zog ein dickes, schweres Buch mit schwarzem Einband heraus.

»Das ist unsere Familienbibel«, sagte sie, als sie sie auf

den Couchtisch legte. »Der ganze Vers steht hier drin, auf Englisch. Einer unserer Vorfahren muss ihn Generationen später ins Englische übersetzt und niedergeschrieben haben.« Sie schlug das Buch auf und das Blättern erzeugte ein geheimnisvolles Rascheln. »Hier steht er.«

Lilly beugte sich vor und las:

Hüte den Stein, der mich umschließt,
Denn wenn er zerbricht,
Tauche ich auf aus der wogenden See
Und verwandle eure Welt in ein stürmisches Grau.

Die Worte ließen Lilly frösteln. »Es ist ein böser Fluch«, flüsterte sie und blickte Nan mit großen, ängstlichen Augen an. »Nicht wahr?«

Nan seufzte. »Ich weiß es nicht, wirklich nicht. Niemand weiß es. Ich kann dir nur sagen, was meine Großmutter mir erzählt hat – und das ist herzlich wenig.«

Die Flammen im Kamin zuckten und flackerten, als ein besonders heftiger Windstoß den Schornstein herunterfegte. Sogar die Kerzen begannen zu flackern. Baggins schnurrte leise im Schlaf. »Erzähl weiter, Nan«, sagte Lilly. »Bitte!«

»Nun ... es gibt eine alte Sage über zwei Geister – Zauberpferde –, die vor langer, langer Zeit unsere Küste heimsuchten. Sie waren bekannt als das Blaue Pferd und das Graue Pferd und angeblich sollen beide aus dem Meer gekommen sein. Das Blaue Pferd war uns Menschen wohlgesonnen. Es brachte günstige Winde und sorgte für einen ruhigen Wellengang, es beschützte die Seeleute und Fischer, wenn sie auf See waren. Das Graue Pferd hingegen war böse. Es brachte verheerende Stürme und tückische Gezeiten, es hasste die Menschen und ergötzte sich an Schiffbrüchen und ertrinkenden Seeleuten.«

Nan verstummte und schaute gedankenverloren ins Feuer. »Meine Großmutter war schon sehr alt, als sie mir diese Geschichte erzählte, und sie konnte sich nicht mehr an alle Einzelheiten erinnern. Jedenfalls kam ein Zeitpunkt, zu dem das Graue Pferd dem Blauen Pferd offen den Krieg erklärte. Es wollte das Blaue Pferd bezwingen und zerstören. Die beiden Geister lieferten sich einen erbitterten Kampf. Es kam zu schrecklichen Stürmen und Orkanen und zu gewaltigen, vernichtenden Fluten. Die Menschen hier lebten in großer Angst, denn alles deutete darauf hin, dass das Graue Pferd gewinnen würde. Doch eine Fischerfamilie brachte den Mut auf, sich mit dem Blauen Pferd zu verbünden. Ich weiß nicht, auf welche Weise sie das Blaue Pferd unterstützt haben, denn die Geschichte ist schon so alt, dass viele ihrer Einzelheiten längst in Vergessenheit geraten sind. Doch irgendwie ist es ihnen gemeinsam mit dem Blauen Pferd und mit vereinten Kräften gelungen, das Graue Pferd zu bezwingen.«

Nan wandte sich wieder zum Tisch. »Als die Schlacht vorüber war und die Bewohner außer Gefahr waren, töpferte die älteste Frau der Fischerfamilie – eine sehr weise Frau, die angeblich das zweite Gesicht hatte – eine Figur. Die Legende besagt, dass der böse Geist des Grauen Pferdes in dieser Figur eingesperrt wurde. Und die Familie nahm sich vor, immer gut darauf aufzupassen.« Prüfend blickte Nan Lilly an. »Du ahnst sicher längst, wer sie waren, nicht wahr?« Lillys Gesichtsausdruck sprach Bände und Nan nickte. »Richtig, unsere Vorfahren. Und die Legende besagt auch, dass – sollte die Statue je kaputtgehen – der dunkle Geist wieder freikommen wird.«

Schweigen legte sich über das Wohnzimmer. Sogar das Tosen des Sturms schien kurz innezuhalten. Lilly hatte ein beklemmendes Gefühl in der Brust. Mit bebender Stimme sagte sie schließlich: »Und ich habe sie kaputtgemacht.«

Nan wich ihrem hilflosen Blick aus. »Woher hättest du es auch wissen sollen? Vielleicht hätte ich es dir besser gleich erzählt.« Sie seufzte. »Ich habe die Statue von meiner Großmutter geerbt. Sie hat mir eingeschärft, immer gut darauf aufzupassen und sie nie aus der Hand zu geben. Es sei unsere Pflicht, sagte sie, dem Blauen Pferd die Treue zu halten und die bösen Kräfte des Grauen Pferdes in Schach zu halten. Und zur rechten Zeit sollte ich diese Aufgabe an meine älteste Enkelin weitergeben, so wie es bei unseren Vorfahren über Jahrhunderte hinweg Brauch war.«

»Deine älteste Enkelin bin ich …«, flüsterte Lilly.

»Ja, aber du bist noch so jung. Ich wollte noch warten, bis du älter bist. Ich hatte gehofft, du würdest mich nicht besuchen, damit du die Figur nicht zu Gesicht bekommen würdest. Doch nun mussten deine Eltern nach Kanada fahren und ich bin die Einzige, der sie dich ein Jahr lang anvertrauen konnten.«

Lilly starrte erneut auf den Vers in der alten Bibel. *Hüte den Stein, der mich umschließt, denn wenn er zerbricht, tau-*

che ich auf aus der wogenden See ... Die Bedeutung dieser Worte war mehr als eindeutig und sie bekam eine Gänsehaut.

Nan nahm ihre Hand. »Du brauchst keine Angst zu haben, Lilly. Es ist nur eine alte Legende. In früheren Zeiten haben die Menschen allen möglichen Unsinn geglaubt, aber wir sind heute doch viel vernünftiger, stimmt's? Vielleicht ist es gar nicht wahr. Gut möglich, dass es gar kein Graues Pferd gibt.«

»Aber wenn doch«, sagte Lilly nachdenklich, »was wird es dann tun? Was kann es tun?«

Nan seufzte. »Das weiß ich nicht, mein Schatz. Wir müssen abwarten.«

Lilly hätte zu gern geglaubt, dass das Graue Pferd nur eine Sagengestalt war. Aber sie hatte die unbändige, zornige Kraft in der Pferdefigur gespürt. Wenn diese Kraft nun freigekommen war, was für Folgen hätte das für sie und Nan?

»Nan«, fragte sie, »was ist aus dem Blauen Pferd geworden?«

»Darüber berichtet die Legende nichts«, erwiderte Nan. »Es scheint verschwunden zu sein.« Sie zog die Mundwinkel hoch. »Ich weiß, was du gerade denkst. Vor Jahren habe ich damit angefangen, blaue Pferde zu malen, weil ich insgeheim hoffte, den guten Geist beschwören zu können, damit er mir helfen würde, auf die Tonfigur Acht zu geben. Aber ich fürchte, ich konnte das Blaue Pferd damit nie erreichen. Selbst wenn es noch existiert, weiß niemand mehr, wie man mit ihm in Kontakt treten kann.«

Eine Zeit lang schwiegen beide. Lilly warf einen Blick auf

ihren noch unberührten Becher, aber sie fühlte sich zu unwohl, um einen Schluck zu trinken.

Nach einer Weile nahm Nan ihre Hand. »Es ist schon spät«, sagte sie. »Du solltest jetzt besser ins Bett gehen.« Sie drückte Lillys Hand. »Und versuche, nicht mehr an das Graue Pferd zu denken, hm? Bis morgen früh wird sich der Sturm gelegt haben und die Welt sieht wieder freundlicher aus, du wirst sehen.«

Lilly widersprach ihr nicht. In ihrem Zimmer angekommen, blies sie die Kerze aus, kuschelte sich unter ihre warme Decke und versuchte, Nans Worten zu glauben. Aber das Graue Pferd ließ sich einfach nicht aus ihrem Kopf verbannen. Es sei ein böser Geist, der Stürme und heimtückische Fluten hervorrief, hatte Nan gesagt. War der heutige Sturm nur ein erstes, böses Omen? War er ein Zeichen, dass das Graue Pferd zurückgekommen war, um – wie es der alte Vers prophezeit hatte – verheerende Schäden anzurichten?

Und wenn das Graue Pferd zurückgekommen war, was konnte man dann gegen diesen bösen Geist tun?

Plötzlich hörte Lilly, über die inzwischen vertrauten Geräusche des Windes und des Regens hinweg, ein neues Geräusch. Ihr ganzer Körper versteifte sich, während sie angestrengt lauschte. Da war es wieder!

Es klang wie ein entferntes Wiehern.

Kerzengerade richtete sich Lilly in ihrem Bett auf. Es konnte nur das Heulen des Sturms sein, weiter nichts. Den ganzen Abend schon hatte das Brausen vor dem Fenster sie an ein Pferd erinnert. Es war völlig ausgeschlossen, dass dort draußen ein leibhaftiges Pferd stand, oder?

Da ertönte zum dritten Mal das merkwürdige Geräusch und Lilly zuckte zusammen. Es war tatsächlich das Wiehern eines Pferdes – und es klang, als käme es direkt aus dem Vorgarten.

Kurz entschlossen kletterte Lilly aus dem Bett und eilte ans Fenster. Ihre Neugier war stärker als alle Angst, sie musste wissen, was dort draußen war. Sie schob den Vorhang zur Seite und starrte hinaus in die stürmische Nacht. Im ersten Moment konnte sie nichts erkennen. Aber dann nahm sie zwischen den Büschen eine große, dunkle Gestalt wahr.

Ein Pferd! Daran bestand kein Zweifel. Lilly sah, wie es seine Mähne im Wind schüttelte, sie sah den glatten, schlanken Hals, die glitzernden Augen. Eine namenlose Angst packte sie. Sie holte tief Luft, um nach Nan zu rufen – aber plötzlich war die dunkle Pferdegestalt wie durch Zauberhand wieder verschwunden.

Mit offenem Mund starrte Lilly auf die Stelle, wo das Pferd eben noch gestanden hatte. Es war nicht davongaloppiert. Das wäre in diesem Bruchteil einer Sekunde gar nicht möglich gewesen. Es hatte sich einfach in Luft aufgelöst!

Wie benommen ließ Lilly den Vorhang los. Ihr Herz klopfte zum Zerspringen und ihre Gedanken überschlugen sich. War da tatsächlich ein Pferd gewesen? Oder war sie so durcheinander, dass sie es sich nur eingebildet hatte? Oder war sie vielleicht gar nicht richtig wach und die Geräusche und die dunklen Umrisse waren nur eine Art Wachtraum gewesen …

Fröstelnd ging sie wieder zu ihrem Bett. Dabei fiel ihr Blick auf Nans Bild. Das blaue Pferd, das unter dem Vollmond aus dem Meer galoppiert kam ... Im flackernden Kerzenschein wirkte das Bild fast real, nahezu lebendig. Und während Lilly es noch anstarrte, hatte sie plötzlich das Gefühl, als sei es tatsächlich zum Leben erwacht. Sie sah die sich auftürmenden Wellen, das Pferd, das auf sie zuzustürmen schien, als wolle es von der Leinwand direkt in ihr Zimmer springen.

Diese Illusion dauerte nur einen Augenblick, dann verschwand sie und das Bild war wieder nur ein Gemälde. Lilly blinzelte ein paarmal. Eigentlich hätte sie Angst haben sollen, doch sie hatte keine. Stattdessen überkam sie ein sonderbares Gefühl, ein gutes Gefühl; das genaue Gegenteil der Empfindung, die der Anblick der grauen Tonfigur in ihr hervorgerufen hatte. Es war albern, es war verrückt, aber sie spürte, wie das Pferd auf dem Bild auf sie zu galoppierte, um sie zu beschützen.

Sie flüsterte: »*Blaues Pferd ...?*« Aber es kam natürlich keine Antwort. Das Pferd auf dem Bild rührte sich nicht mehr. Und trotzdem fühlte sich Lilly schon viel besser.

Sie kletterte in ihr Bett und schaute so lange auf das Bild, bis sie irgendwann friedlich einschlief.

6. Kapitel

Bis zum Morgen hatte sich der Sturm tatsächlich gelegt. Noch waren Wind und Regen nicht ganz vorbei, doch als Lilly und Nan sich an den Frühstückstisch setzten, brach gerade die Sonne durch.

Auch der Strom war zum Glück wieder da und Nan plauderte angeregt über alle möglichen Alltagsdinge – fast so, als hätte ihr Gespräch vom Vorabend niemals stattgefunden. Doch es hatte stattgefunden und Lilly konnte es einfach nicht vergessen. Ebenso wenig wie die dunkle Pferdegestalt im Vorgarten. Da fiel ihr plötzlich etwas ein. Hatte Joel nicht gesagt, dass der Reitstall seiner Eltern etwas weiter oben im Tal lag? Vielleicht war eines der Pferde in der Nacht ausgebrochen und hatte sich bis hierher zum Chapel Cottage verirrt? Ja, das wäre eine vernünftige Erklärung und Lilly wünschte sich, sie könnte es glauben.

Sie wollte sich jedoch ganz sicher sein. »Nan, darf ich nachher zum Reitstall gehen?«, fragte sie.

Nan, die gerade einen Toast bestrich, blickte auf. »Zum Reitstall? Ach, richtig, du hast ja gestern Joel kennen gelernt, nicht wahr?« Sie lächelte. »Wenn er dich eingeladen hat, kannst du natürlich hingehen. Und wer weiß, vielleicht gibt er dir sogar ein paar Reitstunden, falls du dich nützlich machst.«

Gleich nach dem Frühstück brach Lilly auf. Als sie zum Gartentor ging, von dem aus ein Weg das Tal hinaufführte, schaute sie aufmerksam zwischen die Büsche. Nein, hier war nichts zertrampelt. Das war höchst merkwürdig. Aber vielleicht hatte sie das herumstreunende Pferd auch verscheucht, bevor es Schaden anrichten konnte ...

Der Weg führte an den Klippen der Landzunge hinauf. Er war noch feucht und matschig, was das Gehen sehr anstrengend machte. Lilly war ziemlich erschöpft, als sie endlich die Gebäude erblickte. Ein großes Holzgatter führte auf den Hof und zu den Stallungen und beim Näherkommen sah Lilly Joel, der eine leere Box ausfegte. Als sie seinen Namen rief, blickte er auf.

»Hallo!« Erfreut kam er ihr entgegen, doch Lilly hatte nur Augen für die Boxen, aus denen die Ponys und Pferde herausschauten.

»Eure Pferde«, keuchte sie, sobald sie bei Joel war, »sind sie alle da?«

Joel riss die Augen auf. »Klar, warum auch nicht?« Erst jetzt bemerkte er ihren Gesichtsausdruck und wurde stutzig. »Was ist los?«

Lilly erzählte ihm, was sie letzte Nacht gesehen hatte. »Ich dachte, es sei eines von euren Pferden gewesen«, beendete sie ihren Bericht. »Ich dachte, es sei vielleicht ausgebrochen und ...« Ihr Herz raste vor Aufregung.

Joel schüttelte den Kopf. »Nein, es war mit Sicherheit keines von unseren Tieren. Völlig ausgeschlossen.«

Lilly schluckte. »Hat sonst noch jemand hier in der Nähe Pferde?«

»Nicht so nah, dass eines davon allein den Weg bis ins Tal gefunden hätte. Lilly, was ist los mit dir? Du siehst ja richtig verängstigt aus.«

Sie hätte ihm so gern erzählt, dass sie tatsächlich Angst hatte, und auch, warum. Aber dann hätte sie ihm auch die Sache mit dem Grauen Pferd erzählen müssen. Und Joel hätte ihr sicher kein Wort geglaubt und gesagt, es sei nur eine dumme alte Sage. Er hätte sie vermutlich ausgelacht und das hätte alles nur noch schlimmer gemacht. Deshalb zwang sich Lilly zu einem Lächeln und sagte möglichst gelassen: »Ach was, ich habe mir nur Sorgen gemacht, das ist alles. Ich meine, wenn das Pferd weggelaufen wäre und sich womöglich noch verletzt hätte ...«

»Pferde sind nicht dumm«, versicherte ihr Joel. »Aber wie dem auch sei – vielleicht war es kein Pferd, sondern etwas ganz anderes. Oder vielleicht auch nichts. Für mich klingt es eher so, als hättest du es geträumt.«

»Ja«, sagte Lilly, »das ist möglich.« Doch insgeheim dachte sie sich: Ach, wenn ich das nur auch glauben könnte.

Joel sagte: »Hey, wo du schon mal hier bist: Wie wär's, wenn du mir beim Ausmisten der Boxen hilfst?« Er grinste. »Und wenn Mum einverstanden ist, gebe ich dir danach deine erste Reitstunde. Du hast doch gesagt, dass du es gerne lernen möchtest, oder?«

Lillys Sorgen wegen des Grauen Pferdes waren im Handumdrehen verschwunden und ihr Gesicht hellte sich auf. »Au ja!«, rief sie.

Ausmisten war eine ziemlich anstrengende, stinkende Angelegenheit, aber das machte Lilly nichts aus. Zum ersten Mal in ihrem Leben hatte sie mit Pferden zu tun und sie fand es herrlich! Mit einer Mistgabel schleppte sie dreckiges Stroh aus den Boxen, legte frisches hinein und half Joel, am Wasserhahn im Hof die Eimer nachzufüllen. Sie schloss Freundschaft mit weiteren Pferden und Ponys und auch mit drei Katzen und einem großen Hund namens Barney. Lilly freute sich, weil sie den Eindruck hatte, dass Moonlight sie wiedererkannte, und sie blieb lange bei ihm, streichelte und tätschelte ihn und redete leise auf ihn ein.

»Er scheint dich zu mögen«, sagte Joel, als er mit einem Netz voll frischem, süßlich riechendem Heu in Moonlights Box kam. »Hast du Lust, deine erste Reitstunde nachher auf ihm zu machen? Er ist ideal für Anfänger.« Er hängte das Heunetz auf. »So! Wir sind fertig! Komm, wir führen die Ponys auf den Hof und satteln sie!«

Sie kamen gerade noch rechtzeitig ins Freie, um Joels Mutter, Mrs Richards, nachzuwinken, die gerade mit vier Urlaubern zu einem Ausritt aufbrach. Lilly war froh, dass Mrs Richards nicht sehen konnte, wie sie sich das erste Mal mit Moonlights Geschirr abmühte. Den Sattel aufzulegen, war kein Problem, dagegen war das Auftrensen schon etwas schwieriger. Das Halfter kam ihr wie ein endloses Gewirr aus Riemen und Schnallen vor und sie verhedderte das Ganze ungefähr dreimal, bis Joel ihr endlich zu Hilfe kam.

»Mach dir nichts draus«, sagte er. »Es wird mit jedem Mal leichter.« Er schob das Gebiss in Moonlights Maul, legte ihm das Kopfstück über die Ohren und schloss Kehl- und Nasenriemen. »So, jetzt noch der Helm und wir können los!«

Als sie sich den Reithelm, den Joel ihr ausgeliehen hatte, aufsetzte, fühlte sich Lilly schon halb »vom Fach«, wie Joel meinte. Er erklärte ihr, wie man aufsteigt, die Zügel hält und die Hände auf den Rücken des Pferdes legt. Dann stellte er Lillys linken Fuß in den Steigbügel.

»Eins, zwei, drei und *hoch*!« Er gab ihr einen hilfreichen Schubs, und ehe sie sich versah, saß Lilly plötzlich im Sattel und stellte fest, dass der sichere Erdboden erschreckend tief unter ihr war.

»Wow!«, sagte sie und strahlte. »Toll hier oben!« Alle Ängste und Sorgen von vorhin waren wie weggeblasen; es zählte nur noch, dass ihr lang gehegter Wunsch endlich in Erfüllung ging. Joel klickte einen Führstrick an Moonlights Zaumzeug ein, ehe er mit einem eleganten Schwung auf dem Rücken eines Schecken namens Dandy aufsaß.

»Alles okay?«, fragte er.

Lilly nickte begeistert.

»Gut. Dann halte die Zügel so, wie ich es dir gezeigt habe, drück die Fersen behutsam gegen seine Flanken und es kann losgehen!«

Dandy ging voraus, Moonlight ging am Führstrick hinterher und so ritt das kleine Grüppchen langsam vom Hof. Lillys Herz klopfte vor Freude und Stolz und sie versuchte, sich ganz genau an Joels Anweisungen zu halten. Rücken gerade, Knie leicht angedrückt, Fersen nach unten. Zügel nicht zu straff, aber auch nicht zu locker, gerade so, dass sie Moonlights Maul ›spüren‹ konnte. Als sie auf den Talweg einbogen, wiegte sich Lilly bereits im Takt zu den Schritten des Pferdes, blickte sich um und fühlte sich einfach großartig!

Joel blickte über die Schulter nach hinten und nickte ihr aufmunternd zu. »Super! Du machst es genau richtig!«

Auf halbem Weg zur Küste kamen ihnen ein paar Spaziergänger entgegen. Joel wich seitlich ins Heidekraut aus, um sie vorbeizulassen; Moonlight folgte seinem Beispiel und Lilly lächelte die Spaziergänger so fröhlich an, als hätte sie ihr halbes Leben auf dem Rücken von Pferden zugebracht. Als sie weiterritten, wagte sie es, den Zügel mit einer Hand loszulassen, um Moonlights Hals zu tätscheln, genau da, wo seine dichte weiße Mähne aufhörte. Moonlights Ohren richteten sich auf und er stieß ein leises Wiehern aus, das klang, als würde er sich darüber freuen.

Bald schon kam die Küste in Sicht. Es war Ebbe. In einiger Entfernung waren zwei Spaziergänger mit einem Hund zu sehen, ansonsten war der Strand leer.

»Möchtest du mal im Sand reiten?«, fragte Joel.

»Hm, falls du es mir schon zutraust ...« Lilly betrachtete die lange, ausgedehnte Sandfläche. »Aber wir werden noch nicht galoppieren, oder?«

Er lachte. »Natürlich nicht! Das wäre wirklich noch etwas zu früh für dich! Aber einen kleinen Trab könnten wir schon mal hinlegen, wenn du möchtest.«

Vorsichtig tasteten sich die Pferde über die Steine und Joel zeigte Lilly, wie sie sitzen musste, um Moonlight den Abstieg etwas leichter zu machen. Hier an der Küste wehte der Wind heftiger als landeinwärts und das Meer war nach dem nächtlichen Sturm noch ziemlich aufgewühlt. Große Wellen überschlugen sich mit einem regelmäßigen Rauschen – ein Geräusch, das an Lillys Ohren drang und in ihrem Kopf widerzuhallen schien.

»Ah, der Löwe brüllt mal wieder«, sagte Joel.

Lilly runzelte die Stirn. »Hä? Was meinst du?«

Joel zeigte auf den riesigen Felsen, der sich aus dem Meer erhob. »Siehst du den Felsen dort? Man nennt ihn den Löwenfelsen, und wenn die Brandung mal wieder so stark ist wie heute, sagt man, der Löwe brüllt.«

Aus unerklärlichen Gründen verspürte Lilly auf einmal ein unbehagliches Flattern im Magen. »Ein komischer Name«, sagte sie. »Warum ausgerechnet Löwe?«

Joel zuckte mit den Schultern. »Keine Ahnung. Vielleicht finden die Leute, dass der Fels wie ein Löwenkopf aussieht. Kann ich allerdings nicht nachvollziehen. Aber was ist? Versuchen wir jetzt mal zu traben? Nimm die Zügel etwas straffer, tipp Moonlight mit den Fersen an und versuch, im Rhythmus mitzugehen. Okay? Gut. Dann los!«

Sich beim Traben aus dem Sattel zu heben, war zuerst etwas knifflig, aber Lilly hatte den Dreh schnell raus. Sie beobachtete genau, wie Joel, der vor ihr ritt, es machte. Sie trabten nicht sehr schnell, aber es war trotzdem ein aufregendes Gefühl. Lilly genoss den Wind im Gesicht und das schnelle Stampfen der Pferdehufe, das sich mit dem Getöse der Wellen vermischte.

Doch dann nahm das Unglück seinen Lauf!

Aus dem Augenwinkel hatte Lilly eine riesige Welle heranrollen sehen. Wie groß sie wirklich war, wurde Lilly jedoch erst klar, als die Welle schon fast das Ufer erreicht hatte und zu brechen drohte. Der Wellenkamm sah fast wie der Umriss eines Pferdekopfes aus ... ehe er sich mit einem gewaltigen Donnern überschlug. Moonlight stieß ein schrilles Wiehern aus und bäumte sich auf. Lilly rutschte nach hinten und wurde fast noch im selben Moment nach vorne gerissen, als Moonlights Vorderhufe mit einem markerschütternden Plumps wieder im Sand landeten. Erschrocken schnappte Lilly nach Luft. Der Führstrick entglitt Joels Händen und Moonlight schoss los und raste wie von Furien gehetzt am Ufer entlang. Lilly schrie laut auf, aber ihr blieb nichts anderes übrig, als sich ganz fest an seinen Hals zu klammern.

7. Kapitel

»Moonlight, halt! Oh, Hilfe! Stopp!« Lilly konnte nichts tun, um das Pferd zu stoppen. Panisch klammerte sie sich an ihm fest. Joel jagte ihr auf Dandy nach, aber Moonlight war schneller. Mit Lilly auf dem Rücken preschte er genau an der Gezeitenlinie entlang und zu ihrem Entsetzen sah Lilly, dass die gewaltige Welle mit ihnen raste, entgegengesetzt zu allen anderen Wellen. Sie hatte noch immer die Form eines Pferdekopfes und die aufgewühlte Schaumkrone war nicht weiß, sondern grau!

Auf einmal erhob sich, weit draußen auf dem Meer, eine blau schimmernde Welle. Durch ihre wehenden Haarsträhnen hindurch konnte Lilly sehen, wie sich die blaue Welle auf die Küste zubewegte, dem pferdekopfähnlichen Brecher genau entgegen. Es sollte nicht lange dauern, bis die beiden Riesenwellen mit einem ohrenbetäubenden Krachen zusammenstießen – und die Gischt springbrunnenartig in alle Richtungen spritzte. Moonlight drehte abrupt ab, bäumte sich auf und Lilly verlor den Halt und flog in hohem Bogen aus dem Sattel.

Sie prallte so heftig auf dem Boden auf, dass sie im ersten Moment keine Luft mehr bekam und gekrümmt im Sand liegen blieb. Schnaubend kam Moonlight zum Stehen. Dann wandte er sich dem Meer zu und stampfte und scharrte vor den Wellen, als wollte er sie zu einem Kampf herausfordern. Erst als Lilly sich benommen aufsetzte, wandte er sich ihr zu, senkte den Kopf und beschnupperte ihr Gesicht, als wollte er sich bei ihr entschuldigen.

Inzwischen kam auch Dandy herangaloppiert und Joel sprang von seinem Rücken. »Lilly! Alles in Ordnung?«

»Ich ... ich glaube schon«, stammelte Lilly. Joel half ihr auf die Beine und wandte sich dann wutentbrannt an Moonlight.

»Du dummer Gaul! Was ist nur in dich gefahren?«

»Sei nicht böse auf ihn!«, sagte Lilly. Sie stand noch unter Schock und hatte vermutlich auch ein paar Abschürfungen und Prellungen abbekommen, aber richtig verletzt war sie zum Glück nicht. »Es war diese Riesenwelle. Sie hat ihm Angst eingejagt und ...«

Mitten im Satz brach sie ab. Moonlight blickte wieder aufs Meer hinaus und gab sonderbare, aufgebrachte Laute von sich. Er hatte nur Augen für die entfernten, im Dunst liegenden Umrisse des Löwenfelsens.

»Was gibt es da zu sehen?«, fragte Joel ratlos. »Moonlight, beruhige dich wieder! Da draußen ist nichts!«

Schaudernd fragte sich Lilly: Wirklich nicht? Moonlight hatte sich zwischen sie und das Meer gestellt und Lilly hatte den Eindruck, als wollte er sie vom Wasser abschirmen. Sie dachte an die Welle von vorhin, deren graue Schaumkrone wie ein Pferdekopf ausgesehen hatte. Und an die zweite, strahlend blaue Welle, die sich auf die erste Welle geworfen hatte und mit voller Wucht gegen sie geprallt war. Und plötzlich erinnerte sie sich an ihr erstes Treffen mit Joel. Moonlight war bei ihm gewesen und vor dem Hintergrund des sich zusammenbrauenden Sturms hatte sein Fell merkwürdig blau geschimmert.

Leise sagte sie: »Es lag nicht nur an der Welle ...«

»Wie meinst du das?«, fragte Joel verwirrt.

»Ich meine ... dass da noch etwas anderes war.«

»Und was?«

»Ich weiß nicht. Aber es war keine gewöhnliche Welle. Hast du nicht gesehen? Die Schaumkrone sah aus wie ein Pferdekopf. Und als sie zusammenstürzte, war der Schaum nicht weiß, sondern grau!«

»Ich verstehe nur Bahnhof. Was kann an einer Welle Besonderes sein? Eine Welle ist ...«

»Es war keine normale Welle, begreif das doch endlich!« Auf einmal wurde Lilly von ihrer Angst überwältigt und jetzt sprudelte alles aus ihr heraus, was sie letzte Nacht erlebt hatte. Nans Geschichte, der Vers in der Bibel, das gespenstische Pferd im Garten, das so plötzlich wieder verschwand – und der unheimliche Moment, als Nans Gemälde auf einmal zum Leben zu erwachen schien.

»Ich habe sofort an Moonlight gedacht«, sagte sie. »Als ich ihn das erste Mal gesehen habe, damals, hier am Strand, hat sich sein Fell blau vor den Sturmwolken am Horizont abgezeichnet, genau wie bei dem Pferd auf Nans Bild. Und gestern Abend, da ... da dachte ich, er wolle mich beschützen. Und jetzt ... vorhin hatte ich auch das Gefühl, als würde er mich beschützen. Deshalb ist er mit mir durchgegangen, ehe die graue Welle sich überschlug. Moonlight hat versucht, mich von ihr wegzubringen!«

»Und du glaubst, das hätte etwas mit dem Grauen Pferd zu tun?«

Lilly biss sich auf die Lippe und zögerte zuerst. Aber dann nickte sie und sagte bestimmt: »Ja.«

»Ach was, Lilly! Zauberpferde, böse Geister – das ist alles etwas weit hergeholt!« Joel musterte sie kopfschüttelnd. »Könnte es nicht sein, dass du dir vorhin beim Sturz den Kopf angeschlagen hast?«

»Unsinn! Du hast die Welle doch auch gesehen!«

»Nein, ich habe nicht auf irgendwelche Wellen geachtet. Ich war viel zu sehr damit beschäftigt, Moonlight einzuholen!«

Sie machte ein langes Gesicht. »Du glaubst mir also nicht.«

»Na ja ...« Joel seufzte. »Ich behaupte nicht, dass es diese alte Sage nicht gibt. Aber du glaubst doch nicht im Ernst, dass da etwas dran sein könnte, oder?«

»Ich weiß es nicht«, sagte Lilly unglücklich. »Ich weiß nur, dass sehr merkwürdige Dinge passieren, seit ich diese Figur kaputtgemacht habe. Der Sturm, das Pferd in unserem Garten und jetzt die Welle und Moonlights wilde Flucht.«

»Moonlight ist ein ganz normales Pferd«, sagte Joel mit Nachdruck. »Der große Brecher hat ihm Angst gemacht. Das ist alles. Und die anderen Punkte, die du genannt hast – reine Zufälle, Lilly. Alles andere ist ausgeschlossen!«

Lilly begriff, dass sie ihn nicht überzeugen konnte. »Okay«, sagte sie deshalb, »du hast vermutlich Recht. Ich bin ein Dummkopf. Aber würdest du mir einen Gefallen tun?«

»Kommt drauf an«, sagte Joel argwöhnisch. »Worum geht's?«

»Hilfst du mir, die Tonscherbe zu suchen, die ich gestern ins Meer geworfen habe?«

Ungläubig starrte er sie an. »Machst du Witze? Wo willst du denn anfangen zu suchen? Sie kann wer weiß wo sein.«

»Stimmt. Aber ich habe das Gefühl, dass ich sie finden werde.«

»Ein kleines Steinchen, inmitten tausender von Steinen hier am Strand?« Joel schnaubte, fast wie ein Pferd. »Da kannst du ja gleich die Nadel im Heuhaufen suchen! Vergiss es!«

»Ich will es trotzdem versuchen«, beharrte Lilly. »Und wenn ich die Scherbe finde, fühle ich mich sicher um einiges wohler.« Gespannt schaute sie ihn an. »Hilfst du mir oder nicht?«

Es kam zu einer kurzen Pause, ehe Joel seufzend »Okay« sagte. »Ich helfe dir. Obwohl ich es nach wie vor für eine Schnapsidee halte.«

Darauf gab Lilly keine Antwort. Sie drehte sich abrupt um und ging auf die herumliegenden Steine und Kieselsteine am Fuße der Klippen zu. Joel folgte ihr mit den Pferden. Moonlight war wieder sanft wie ein Lämmchen und setzte brav einen Huf vor den anderen, obwohl er zwischendurch immer wieder einen besorgten Blick auf das Meer warf.

Gemeinsam durchkämmten sie Tümpel, wühlten zwischen Seetang, siebten Sand und Steinchen zwischen ihren Fingern. Lilly war voll und ganz bei der Sache, bis sie nach einer Weile eine kurze Pause machen musste, um sich zu strecken, weil ihr Rücken schmerzte. Joel war mit den Pferden ein Stück weiter weg. Er hatte die Suche bereits aufgegeben und Lilly begann zu begreifen, warum. Die Scherbe der Tonfigur konnte überall zwischen den Felsen und Wassertümpeln und dem Seetang liegen. Vielleicht hatte das Meer sie längst weggespült. Oder vielleicht lag sie auf dem Grund eines tieferen Tümpels, außerhalb ihrer Reichweite. Aber Lilly dachte nicht daran aufzugeben. In den Höhlen hatte sie noch nicht gesucht. Ganz in der Nähe lag eine recht große Höhle und auf diese ging sie nun zu. Darin war es unangenehm feucht und düster, und als Lilly sich hineinwagte, hörte sie das Tröpfeln von Wassertropfen. Das erzeugte ein gespenstisches Echo, und als sie Joel »Kommst du?« zurief, hörte sie das Echo ihrer eigenen Stimme widerhallen.

Joel tauchte im Höhleneingang auf. »Lilly, es ist sinnlos!«, sagte er. »Selbst wenn deine Scherbe tatsächlich hier sein sollte, würdest du sie nicht finden!«

Sie seufzte. Joel hatte Recht, es war wirklich sinnlos. Und außerdem war es hier in der Höhle richtig unheimlich. Man kam sich vor wie im Maul eines großen Untiers, das jeden Augenblick zuschnappen konnte.

»Mach dir nichts draus«, versuchte Joel sie zu trösten, als sie entmutigt wieder ins Freie stapfte. »Ob du sie findest oder nicht, macht keinen großen Unterschied. Die Geschichte ist doch nur ein altes Ammenmärchen.«

»Ja«, sagte Lilly leise, hauptsächlich deshalb, weil sie nicht mehr diskutieren wollte. Ein kalter Schauer lief ihr über den Rücken.

»Dir ist kalt«, sagte Joel. »Und dein Rücken ist ganz nass, weil du in den Sand gefallen bist. Wir sollten besser nach Hause gehen, ehe du dir eine Erkältung holst.«

Lilly nickte. Ihr war wirklich kalt, aber viel schlimmer war ihre Mutlosigkeit. Auch Moonlight wirkte irgendwie betrübt, und als Joel und sie wieder aufstiegen und sich auf den Heimweg machten, ließ er den Kopf hängen, als hätte er eine Niederlage erlitten.

Langsam ritten sie an der Küste entlang bis zu dem Weg, der ins Tal führte. Joel versuchte, eine Unterhaltung in Gang zu bringen, um Lilly etwas abzulenken. Er fragte sie nach ihren Eltern, ihrem Zuhause, ihrer Schule und sagte dann: »Ab nächste Woche, nach den Ferien, besuchst du sicher die Dorfschule.«

»Ja«, antwortete Lilly kurz. Die Aussicht auf eine neue Schule, neue Mitschüler und neue Umstände machte ihr ohnehin schon zu schaffen, aber in der Aufregung der letzten Tage hatte sie kaum daran gedacht. »Wie ist eure Schule?«, fragte sie jetzt etwas besorgt.

»Och, ganz gut, würde ich sagen«, versicherte ihr Joel. »Mich wirst du da allerdings nicht sehen. Ich gehe jetzt in Truro aufs Gymnasium. Du kommst wahrscheinlich in Mrs Becks Klasse. Du wirst sie mögen. Sie interessiert sich auch für alte Sagen.« Er grinste. »Vielleicht kennt sie die Geschichte von dem Grauen Pferd ja schon. Falls nicht, kannst du sie ihr erzählen.«

»Nein!«, sagte Lilly so schroff, dass Moonlight überrascht den Kopf herumriss.

»Ganz ruhig, Moonlight!« Joel streckte die Hand aus, um den Schimmel zu streicheln, ehe er Lilly wieder ansah. »Okay. Entschuldige, wenn ich was Falsches gesagt habe.«

»Nein, ich muss mich entschuldigen«, sagte sie. »Das ist mir nur herausgerutscht. Weißt du, ich habe Nan versprochen, dass ich mit niemandem darüber rede. Wahrscheinlich hätte ich auch dir gegenüber den Mund halten sollen.«

»Gut, kein Problem. Ich werde schweigen wie ein Grab.«

»Versprochen?« Lilly wollte ganz sichergehen.

Joel nickte. »Versprochen. Wenn du so großen Wert darauf legst ...«

Sie ritten weiter und trabten noch ein Stück, als der Weg ebener und breiter wurde. Bald schon kam Chapel Cottage in Sicht. Lilly stieg genau so ab, wie Joel es ihr beigebracht hatte. Sie hatte etwas wacklige Knie, als sie wieder auf festem Boden stand und Moonlights Hals tätschelte.

»Willst du bald wieder mal ausreiten?«, fragte Joel.

Lilly nickte und versuchte, jeden Gedanken an das Graue Pferd beiseite zu schieben. »Ja, gern«, sagte sie. »Außer wenn ... ich meine, falls es etwas kostet. Ich glaube, das kann ich mir nicht leisten.«

Er grinste. »Wie wär's, wenn wir uns darauf einigen, dass du mir als Gegenleistung weiterhin beim Ausmisten hilfst?«

»Meinst du, das geht? Wirklich?«

»Ich denke schon. Ich muss natürlich zuerst Mum fragen, aber wenn du willst, ruf ich dich nachher gleich an und sag dir Bescheid.«

»Super!« Lilly verabschiedete sich von ihm und drückte sich noch einmal in Moonlights warmes Fell. »Bis bald, Moonlight«, flüsterte sie ihm ins Ohr. »Und ... danke.«

Sie dankte ihm in diesem Moment für wesentlich mehr als nur für den Ausritt und Moonlight schnüffelte zärtlich an ihren Haaren, als hätte er sie verstanden. Gleich darauf trottete Joel mit den beiden Pferden weiter den Weg hinauf, während Lilly die Gartentür von Chapel Cottage aufstieß.

8. Kapitel

Nan war in ihrem Atelier. Sie saß an der Staffelei und arbeitete an der halbfertigen Himmel-Meer-Szene, die Lilly schon kannte. Ihr »Hallo« klang etwas geistesabwesend; offenbar war sie voll und ganz in ihre Arbeit vertieft.

Lilly ging näher heran und stellte sich vor die Leinwand. Wieder ein Pferdebild! Im Moment skizzierte Nan die Umrisse des Tieres, das zum Meer gewandt stand, mit hoch erhobenem Kopf und einem angewinkelten Vorderfuß.

Seufzend legte Nan den Pinsel weg.

»Das wird nichts«, sagte sie mit angespannter Stimme. »Irgendwie will es nichts werden.« Sie blinzelte, als würde sie Lillys Anwesenheit erst jetzt bemerken. »Oh! Entschuldige, Liebes! Ich war in Gedanken. Wie war's im Reitstall? Hattest du Spaß?«

»Ja, danke, Nan.« Lilly zögerte. »Was stimmt mit dem Bild nicht?«

»Das Pferd. Ich kriege die Umrisse nicht hin. Das ist wirklich merkwürdig, normalerweise ... na ja, egal. Vielleicht versuche ich es nachher noch einmal. Nur dass ...«

»Nur dass was?«, hakte Lilly nach.

Nan schluckte und schüttelte dann den Kopf. »Ach, nicht so wichtig.« Sie rang sich ein breites, gekünsteltes Lächeln ab. »Du hast sicher Hunger, oder? Ich sollte mich langsam um das Mittagessen kümmern.«

Sie erhob sich und eilte aus ihrem Atelier. Lilly blickte ihr nach. Nan bedrückte etwas, das war offensichtlich. Aber wie es schien, wollte sie nicht darüber reden, und Lilly wollte sie nicht drängen. Genauso wenig, wie sie Nan erzählen wollte, was am Strand passiert war. Was würde es schon nützen? Nan würde sich nur noch mehr Sorgen machen. Es war sicher besser, den Mund zu halten.

Lilly blickte wieder auf die Leinwand. Das unfertige Pferd sah aus wie ein verblasster Geist, durch den das Meer hindurchschimmerte. Ohne ersichtlichen Grund richteten sich Lillys Nackenhärchen auf. Dann verließ auch sie das Atelier und zog langsam die Tür hinter sich zu.

Gegen Abend riefen Lillys Eltern an, um sich vor ihrem Abflug nach Kanada von ihr zu verabschieden. Nan ging taktvollerweise aus dem Zimmer. Erst als Lilly aufgelegt hatte, kam sie wieder herein und sah gerade noch, dass Lilly sich über die Augen fuhr.

»Alles in Ordnung?«, fragte Nan mitfühlend.

Lilly nickte, obwohl das nicht stimmte. »Es ist nur so, dass Kanada schrecklich weit weg ist. Und ein Jahr ist eine lange Zeit …«

»Ach, wir müssen nur dafür sorgen, dass du viel um die Ohren hast, dann vergeht die Zeit wie im Fluge«, sagte Nan und fügte noch hinzu: »Dann wird es auch ein schönes Jahr für dich.«

Lilly schaute sie an. »Meinst du, es wird schön werden?«

»Nun, das hängt ganz von uns ab, meinst du nicht auch? Ich bin mir sicher, dass wir gut miteinander auskommen werden.« Dann wechselte sie abrupt das Thema. »Erzähl, wie geht es deinen Eltern? Haben sie fertig gepackt? Läuft alles nach Plan?«

Lilly nickte. »Dad hat noch etwas zur Post gebracht«, sagte sie. »Ein Abschiedsgeschenk, hat er gesagt.«

»Ach ja? Dann gibt es ja etwas, worauf du dich freuen kannst. Aber sag, was sollen wir nach dem Abendessen machen? Wir könnten wieder Karten spielen. Oder Scrabble. Oder wie wär's mit Schach? Kannst du Schach spielen?«

»Nein, hab ich noch nie gespielt.«

»Oh, es ist ein herrliches Spiel. Wenn du willst, bringe ich es dir bei.«

Nan versuchte alles, um Lilly aufzuheitern, obwohl Lilly nicht nur wegen ihrer Eltern so bedrückt war. Sie hätte gern mehr über das unfertige Pferdebild erfahren und auch darüber, was Nan solche Sorgen bereitete. Doch Nans aufgesetzte Fröhlichkeit war wie eine Barriere, die Lilly nicht überschreiten konnte. Was immer Nan auch bedrückte, sie schien wild entschlossen, es zu verdrängen, und wollte ganz offensichtlich, dass auch Lilly es verdrängte.

Aber das fiel Lilly alles andere als leicht.

Etwas später an diesem Abend rief Joel an. Lilly war noch immer etwas niedergeschlagen, doch als sie hörte, was er sagte, hellte sich ihre Miene sofort auf.

»Meine Mum ist damit einverstanden, dass du gegen Mithilfe bei uns reitest«, sagte er. »Natürlich nur, wenn auch deine Großmutter damit einverstanden ist.«

»Das ist sie garantiert!«, rief Lilly fröhlich. »Wann kann ich kommen?«

»Wie wär's mit morgen? Da ist Sonntag und an Sonntagen haben wir immer viel zu tun. Da kannst du dich nützlich machen.«

»Super!«

»Gut, Moonlight wird sich auch freuen. Weißt du was? Er ist ziemlich unruhig, seit wir zurück sind. Dauernd dreht er den Kopf und wiehert. Es kommt mir fast so vor, als würde er dich vermissen.«

»Im Ernst?« Lillys Herz machte einen Satz.

»Ja, ich glaube, er hat dich ins Herz geschlossen. Lustig, nicht wahr, dass Tiere manchmal an bestimmten Menschen einen Narren fressen?«

»Ja«, sagte Lilly und ihr Herz machte wieder einen kleinen Hüpfer. »Das ist wirklich lustig.«

»Also gut, wir sehen uns dann morgen.«

»Ich freue mich«, antwortete sie. »Bis dann.«

An diesem Abend konnte Lilly lange nicht einschlafen. Sie musste an ihre Eltern denken, die um diese Zeit schon im Flieger saßen, und hoffte, dass es ihnen gut ging und sie sicher landen würden. Und auch das Graue Pferd schlich sich hin und wieder in ihre Gedanken.

Gegen Mitternacht war Nan noch immer nicht im Bett. Lilly hörte leise Geräusche aus dem Atelier. Arbeitete Nan noch an ihrem Pferdebild? Warum war es so wichtig für sie, dass sie es hundertprozentig hinbekam? Es war fast, als glaubte sie, dass etwas Schreckliches passieren könnte, wenn das Bild nicht perfekt würde, und dieser Gedanke jagte Lilly große Angst ein.

Im Halbdunkel konnte sie das Bild mit dem galoppierenden Pferd an ihrer Wand erahnen und sie schaute es so lange an, bis sich das mulmige Gefühl in ihrer Brust wieder gelegt hatte. Das Pferd sah Moonlight sehr ähnlich und Lilly dachte an Joels Worte, dass das süße Pferd sie ins Herz geschlossen hatte. Dann stimmte es also doch! Dass Moonlight sie heute am Strand beschützen wollte. Und ihr Gefühl sagte ihr auch, dass es zwischen ihm und dem Blauen Pferd eine Verbindung geben musste.

Einem plötzlichen Impuls folgend, knipste sie das Licht an, stieg aus dem Bett und holte ihr Notizbuch und einen Bleistift aus der Schublade. Vor einiger Zeit hatte sie sich vorgenommen, Tagebuch zu führen, diesen Vorsatz dann aber wieder vergessen. Deshalb war das Notizbuch noch fast leer. Lilly nahm den Bleistift und begann, ein Pferd zu skizzieren. Sie glaubte nicht, dass sie gut malen konnte, doch sie versuchte, das aufgerichtete Pferd auf dem schwierigen Bild in Nans Atelier nachzuzeichnen. Merkwürdigerweise ging es ganz leicht; es war fast, als flögen die Striche und Linien nur so übers Papier, und innerhalb kürzester Zeit war das Pferd fertig. Insgesamt war es recht gelungen. Mit neuer Zuversicht blätterte sie um und startete einen neuen Versuch. Diesmal sah sie im Geiste Moonlight beim Traben vor sich. Die Beine bekam sie allerdings nicht so gut hin, auch die Hufe waren ziemlich schwierig zu zeichnen, sodass sie sie letztendlich im hohen Gras verschwinden ließ. Aber das fertige Pony sah Moonlight dann tatsächlich sehr ähnlich.

Lilly gähnte. Sie hatte auch eine Packung Farbstifte, vielleicht würde das Bild etwas lebhafter wirken, wenn sie es anmalte. Aber im Moment war sie zu müde dafür. Die Geräusche aus dem Atelier waren verstummt, Nan würde sicher bald ins Bett gehen. Und sie selbst sollte vermutlich auch endlich schlafen.

Sie legte ihr Notizbuch weg und machte das Licht aus. Diesmal schlief sie gleich ein und träumte von Pferden, vom Meer und merkwürdigerweise auch von Glockengeläut.

Sie schlief die ganze Nacht bis zum nächsten Morgen durch. Als sie aufwachte, sah sie als Erstes das offene Notizbuch auf ihrem Nachttisch. Da war das Bild von Moonlight, das sie gemalt hatte – aber etwas daran war anders. Es dauerte eine Weile, bis sie begriff, was es war.

Das trabende Pferd auf ihrem Bild war blau!

Lilly runzelte die Stirn. Sie hatte gestern Nacht noch angefangen, das Bild auszumalen, allerdings nur den Himmel und das Gras. Aber das hier ... War Nan hereingekommen, als sie schon schlief, und hatte das Pferd angemalt? Nein, so etwas würde Nan nicht tun. Oder hatte sie es selbst gemacht, war aber schon so müde gewesen, dass sie sich jetzt nicht mehr daran erinnern konnte. Tja, das war sicher die logischste Erklärung, oder?

Lilly wusste die Antwort auf diese Frage nicht und sie war sich auch nicht sicher, ob sie sie überhaupt wissen wollte.

Nachdenklich schlug sie das Notizbuch zu und legte es in die Schublade zurück. Dann ging sie ins Bad und zog sich an.

Der Sonntag sollte ein unvergesslicher und aufregender Tag werden. Obwohl Lilly in aller Frühe in den Reitstall kam, waren Joel und seine Eltern bereits dabei, die Boxen auszumisten. Mrs Richards begrüßte Lilly wie eine alte Freundin der Familie. Mr Richards, den Lilly bisher noch nicht kennen gelernt hatte, war ein großer, fröhlicher Mann mit einer lauten Stimme; er erzählte schreckliche Witze, aber so drollig, dass Lilly lachen musste. Barney, der zottelige Haus- und Hofhund, folgte ihr auf Schritt und Tritt und sabberte freudig vor sich hin, und als alle Boxen gesäubert waren, fühlte sich Lilly fast schon wie ein Familienmitglied.

Für diesen Sonntag lagen sehr viele Reservierungen vor und so waren sie den ganzen Morgen damit beschäftigt, die Pferde und Ponys zu striegeln und zu satteln und den Gästen, die zum Reiten gekommen waren, zur Hand zu gehen. Als Lilly Moonlight mit einem kleinen Jungen auf dem Rücken vom Hof reiten sah, ertappte sie sich dabei, dass sie fast etwas eifersüchtig wurde. Doch sie bekam dieses Gefühl rasch in den Griff und widmete sich wieder ihrer Arbeit.

Die Richards luden sie zum Mittagessen ein, und als Lilly so satt war, dass sie keinen Bissen mehr herunterbekam, sagte Joel: »Moonlight und Sally-Ann werden heute Nachmittag nicht gebraucht, Dad. Kann ich Lilly ihre zweite Reitstunde geben?«

»Eine gute Idee«, antwortete Mr Richards. »Aber geht

lieber nicht zum Strand hinunter; die Flut setzt bald ein. Reitet lieber ins Dorf.« Er lächelte Lilly an. »Das ist eine schöne Strecke zum Üben und ich nehme an, dass du noch nicht viel vom Dorf gesehen hast.«

»Eigentlich noch gar nichts«, musste Lilly zugeben. »Aber ich weiß nicht, ob ich schon gut genug bin, ich meine, im Straßenverkehr und so.«

Mrs Richards lachte. »Keine Bange, hier geht es gemütlicher zu als in der Stadt. Außerdem wird Joel dich im Auge behalten. Und ihr könnt mir ein paar Dinge aus dem Supermarkt mitbringen. Ich gebe euch eine Liste mit.«

Nach dem, was am Vortag passiert war, war Lilly insgeheim froh darüber, dass sie nicht an den Strand reiten würden. Sie fand, dass sie schon recht geschickt darin war, Moonlight aufzuzäumen, und es dauerte nicht lange, bis sie und Joel losreiten konnten.

Das Dorf lag ungefähr eine Meile entfernt und war größer, als sie es von ihrer Ankunft in Erinnerung hatte. Abgesehen von dem kleinen Supermarkt gab es eine Metzgerei, eine Bäckerei, einen Obst- und Gemüseladen, einen Zeitungshändler, ein Postamt und eine Galerie, in der man Bilder, Keramiksachen und Souvenirs kaufen konnte.

Gemächlich ritten sie durch die Hauptstraße. Die Menschen lächelten und winkten ihnen zu. Joel schien fast alle zu kennen und die Leute waren insgesamt so freundlich, dass sich Lillys Stimmung merklich besserte. Vor dem Supermarkt stiegen sie ab und Joel bat Lilly, auf die Pferde aufzupassen, während er hineinging, um für seine Mutter einzukaufen. Es war ein angenehm warmer Nachmittag und

Lilly streichelte die beiden Pferde, die halb dösend in der Sonne standen. Zum ersten Mal, seit sie hier in Cornwall war, fühlte sie sich rundum wohl. Tagsüber, besonders, wenn die Sonne schien, sah alles sehr viel freundlicher aus. In den letzten Tagen hatte sie so viele merkwürdige und erschreckende Dinge erlebt, dass es nun richtig erholsam war, etwas ganz Normales zu tun, wie zum Beispiel im Dorf einzukaufen und vor nichts Angst haben zu müssen. Ja, sie stellte fest, dass sie richtig glücklich war. So glücklich, dass sie Joel, als er wieder aus dem Geschäft kam, mit einem strahlenden Lächeln empfing. Joel war sichtlich verwundert.

»Wie komme ich zu dieser Ehre?«, fragte er.

»Ach, einfach so«, antwortete Lilly. »Ich habe mir nur gerade überlegt, was für ein Glück ich habe, so schnell einen guten Freund gefunden zu haben.« Sie blickte auf Moonlight. »Zwei neue Freunde.«

»Freut mich für dich.« Joel schenkte ihr ein breites Grinsen. »Keine Begegnungen der unheimlichen Art mehr seit gestern?«

»Nein«, sagte sie energisch. »Keine. Du hattest Recht; es ist nur eine alte Sage, stimmt's?«

»Klar doch«, bekräftigte Joel.

Lilly drehte sich wieder zu Moonlight und Joel beobachtete sie, als sie das Pferd streichelte. Auf Joels Gesicht lag ein ungewöhnlicher Ausdruck: nachdenklich und auch ein bisschen besorgt. Doch das sah Lilly nicht.

Sie stiegen auf ihre Pferde und setzten ihren Ausritt fort.

9. Kapitel

Am Sonntagabend riefen Lillys Eltern an. Es war nur ein kurzer Anruf, um zu sagen, dass sie gut in Kanada gelandet waren. Lilly freute sich riesig und konnte danach erleichtert einschlafen.

Am nachsten Morgen, am Montag, sollte sie zum ersten Mal in die Dorfschule gehen. Als sie gerade losgehen wollte, kam der Postbote und brachte ihr das versprochene Päckchen von ihren Eltern. Darin befand sich ein Handy, ein ganz modernes, sehr kleines Modell. Und es war blau!

»Damit wirst du bei deinen neuen Freunden in der Schule sicher Eindruck schinden«, hatte Dad in seinem Brief geschrieben. »Wir haben Nan auch etwas Geld geschickt, damit du es wieder aufladen kannst, aber übertreib's nicht, okay?«

Lilly freute sich riesig und packte das Handy und den Brief gleich in ihre neue Schultasche. Über die Farbe freute sie sich besonders. Dass Blau neuerdings ihre Lieblingsfarbe war, hatte Dad sicher nicht gewusst, aber ein Zufall war es bestimmt nicht. Das gab Lilly ein gutes Gefühl – und das brauchte sie auch. In den letzten paar Tagen, seit Moonlight am Strand mit ihr durchgegangen war, war zum Glück nichts Unheimliches oder Beängstigendes mehr passiert. Darüber war sie natürlich sehr froh. Doch in ihrem Hinterkopf lauerte stets der Gedanke: Wie lange wird das andauern? Was erwartet mich noch? Sie versuchte, möglichst nicht daran zu denken, aber einfach war es nicht. Dieses Geschenk von ihren Eltern sah sie als eine Art Zeichen. Etwas *Blaues*. Das gab ihr neue Zuversicht.

Als Nan sie zur Schule fuhr, war es mit Lillys Zuversicht jedoch wieder vorbei. Es schüttete wie aus Kübeln und die Scheibenwischer des Autos kamen kaum gegen den grauen Regenschleier an. Als Lilly angestrengt geradeaus durch den prasselnden Regen blickte, musste sie plötzlich wieder an den Gewittersturm denken. Regnet es hier in Cornwall immer so viel?, fragte sie sich. Oder war dies ein neues, ungewöhnliches Phänomen? Unvermittelt sah sie die Worte des alten Verses in Nans Bibel wieder vor sich: ... *tauche ich auf aus der wogenden See und verwandle eure Welt in ein stürmisches Grau* ... Sie wünschte sich, dass Nan ihr versicherte, dass ein solcher Regenschauer völlig normal war und sie keine Angst zu haben brauchte. Doch Nan musste sich auf das Fahren konzentrieren und deshalb traute sich Lilly nicht, sie anzusprechen.

Als Nans kleines Auto vor dem Portal anhielt, sah Lilly Scharen von Kindern durch den Regen auf das Schulgebäude zurennen. Sie hatte ein komisches Gefühl. Und das lag nicht daran, dass sie gleich in eine neue Schule gehen sollte und mit neuen Menschen zu tun haben würde. Es war das Wissen, dass sie in den nächsten Stunden nicht bei Nan und in Chapel Cottage sein würde, das ihr – trotz der schrecklichen Stunden während des Sturms – wie ein sicherer Hafen vorkam. Sie ermahnte sich, nicht kindisch zu sein, aber das Unbehagen ließ sich nicht abschütteln.

»Alles in Ordnung?«, fragte Nan nach einem prüfenden Blick.

Nan hatte etwas gemerkt ... Aber Lilly nickte tapfer. »Ja, danke, Nan. Alles bestens. Wirklich.«

»Gut«, sagte Nan. »Dann wünsch ich dir jetzt viel Spaß.«

Lilly zwang sich zu einem Lächeln und sagte sich, dass sie keinen Grund zur Sorge hatte. Sie gab Nan einen Abschiedskuss, holte tief Luft und schritt dann zuversichtlich auf das Schulportal zu.

Der Unterricht verlief ohne besondere Vorkommnisse und wesentlich besser, als sie erwartet hatte. In der Klasse waren nur etwa zwanzig Kinder und Lilly war überrascht, wie nett alle zu ihr waren. Die meisten kannten Nan oder hatten zumindest schon von ihr gehört und in den Pausen löcherten sie Lilly mit Fragen nach ihrer alten Heimat. Sie wollten wissen, wie es dort im Vergleich zu Cornwall war und ob sie Geschwister oder ein Haustier hatte. Lilly erfuhr, dass fast alle ihre neuen Mitschüler Pferdefans waren, etliche von ihnen konnten auch reiten und zwei hatten sogar ein eigenes Pony. Die Klassenlehrerin, Mrs Beck, war – genau, wie Joel vorher gesagt hatte – jung, blond und sehr nett. Das Klassenzimmer war groß und hatte sonnengelb gestrichene Wände, die mit Zeichnungen, Schaubildern und Fotografien aus der näheren Umgebung geschmückt waren.

Am Nachmittag, als Nan kam, um sie abzuholen, hatte Lilly sich bereits eingelebt und vor lauter neuen Eindrücken ihre alten Sorgen ganz vergessen. Auch der Regen hatte aufgehört. Am Abend rief sie Joel an und erzählte ihm von ihrem neuen Handy und ihrem ersten Schultag. Es wurde inzwischen recht früh dunkel und nach dem Abendbrot war es leider nicht mehr hell genug für einen kleinen Ausritt. Doch sie vereinbarten, dass Lilly am Samstagmorgen so früh wie möglich zum Stall kommen sollte, und als Lilly an diesem Abend ins Bett ging, fühlte sie sich wesentlich wohler als in den letzten Tagen.

Die ganze Woche verlief ruhig und ohne besondere Vorkommnisse – fast zu ruhig, wie Lilly manchmal dachte, wenn sie am Abend im Bett lag und auf den Schlaf wartete. *... verwandle eure Welt in ein stürmisches Grau*. Es hatte keinen neuen Sturm gegeben. Aber für wie lange noch? Aufmerksam hörte sie sich jeden Abend die Wettervorhersage im Radio an, doch es gab keine Sturmwarnungen. Alles war ruhig.

Vorläufig ...

Irgendwann beschloss Lilly, dass es so nicht weitergehen konnte. Sie wollte nicht mehr in dieser ständigen Angst leben, es war einfach zu belastend. Ihr war nichts Schlimmes passiert. Das musste sie sich immer wieder vor Augen halten, denn sonst würde sie noch verrückt werden.

Bis Freitagabend war es ihr schließlich gelungen, ganz fest daran zu glauben, dass nichts passieren würde, und sie fühlte sich auch sehr viel besser. Das Wochenende verbrachte sie fast ausschließlich bei Joel und den Pferden und arbeitete hart, um sich weitere Reitstunden zu verdienen. Inzwischen hatte sie gelernt, wie man sich beim Leichttraben aus dem Sattel heben musste. Am Samstagnachmittag brachte Joel ihr den Kanter, einen langsamen Galopp, bei. Das war etwas ganz anderes als das Traben. Abgesehen davon, dass man sehr viel schneller war, war es insgesamt eine weichere Bewegung und man kam sich ein bisschen wie auf einem Schaukelpferd vor.

»Eigentlich brauchst du nur dazusitzen«, erklärte ihr Joel vor ihrem ersten Versuch. »Wenn du willst, kannst du dich eine Zeit lang am Sattelknauf festhalten, bis du dich an den Rhythmus gewöhnt hast. Und denk immer dran: Fersen nach unten, Knie angedrückt, Rücken gerade!«

Lilly grinste ihn an. »Eines Tages werde ich so gut sein wie du und dann machen wir ein Wettrennen!«

»Hey, zuerst musst du noch galoppieren lernen!« Joel grinste zurück. »Das ist super! Aber das weißt du ja schon, oder? Nach deinem ersten überraschenden Galopp!«

Lillys Gesicht verfinsterte sich, als sie sich daran erinnerte, wie Moonlight beim ersten Ausritt am Strand mit ihr durchgegangen war, und sie musste sich beherrschen, um nicht verängstigt hinter sich zu schauen. Es war albern, aber sie konnte sich des plötzlichen Gefühls nicht erwehren, dass etwas Unsichtbares zuhörte und sie insgeheim auslachte. Sie hatte versucht, das Graue Pferd aus ihren Gedanken zu verbannen. Doch auf einmal war die alte Angst wieder da.

Hastig und vielleicht etwas zu schnippisch sagte sie: »Na ja, das war ja wohl etwas anderes. Das nächste Mal mache ich es richtig.«

Joel schien etwas verblüfft über ihren veränderten Tonfall und genau in diesem Moment schob sich eine kleine Wolke vor die Sonne. Lilly fröstelte. Sie schaute zur Seite und hoffte, Joel würde etwas sagen, um die Spannung zwischen ihnen aufzulösen. Doch das tat er nicht. Rasch zog die Wolke weiter und die Sonne kam wieder raus. Ich habe keine Angst, sagte sich Lilly. Nein, nein und nochmals nein!

Sie blinzelte, ehe sie wieder zu Joel schaute und ein Lächeln auf ihr Gesicht zauberte. »Okay!«, sagte sie. »Fangen wir mit dem Reitunterricht an!«

Am Montag teilte Mrs Beck der Klasse etwas Wichtiges mit. Die Schule hielt jedes Jahr einen kleinen Weihnachtsbasar ab, zu dem jede Klasse etwas beisteuern sollte. Und der Erlös für die Bilder und Bastelarbeiten der Schüler war für einen guten Zweck gedacht, den die Kinder selbst bestimmen durften. In diesem Jahr würde das Geld an ein Tierheim gehen und Tiere sollten auch das Thema ihrer Arbeiten sein.

»Eurer Fantasie sind natürlich keine Grenzen gesetzt«, sagte Mrs Beck. »Aber ich fänd es schön, wenn ihr euch hauptsächlich auf die heimische Tierwelt hier in Cornwall konzentrieren würdet. Irgendwelche Vorschläge?«

Viele Schüler, darunter auch Lilly, riefen spontan: »Pferde und Ponys!«

»Das hab ich mir gedacht«, sagte Mrs Beck und lächelte Lilly an. »Deine Großmutter malt doch Pferdebilder, stimmt's? Wie wär's, wenn du es ihr nachmachst und für unseren Basar ein paar Pferde malst?«

»Ich kann aber nicht besonders gut malen«, sagte Lilly.

»Hm, vielleicht kann deine Großmutter dir ein bisschen unter die Arme greifen«, schlug Mrs Beck vor. »Du kannst sie ja auf alle Fälle einmal fragen.«

Ein Mädchen namens Lisa, das neben Lilly saß, meldete sich. »Was ist mit Löwen?«

Verblüfft sah Lilly sie an. Auch Mrs Beck schien etwas irritiert. »Löwen?«, wiederholte sie. »Seit wann haben wir hier in Cornwall Löwen?«

»Einen schon!« Lisa grinste frech. »Den Löwenfelsen!«

Die anderen stöhnten gequält auf, und als sich der Lärm wieder gelegt hatte, sagte Mrs Beck: »Sehr geistreich! Aber ich fänd es besser, wenn wir uns an reale Tiere hielten. Ihr habt sicher noch andere Ideen. Wir schreiben sie alle auf.«

Während der Rest der Klasse eifrig Vorschläge machte, flüsterte Lisa Lilly zu: »Hast du den Löwenfelsen schon mal gesehen?«

»Ja«, antwortete Lilly ebenso leise, »vom Strand aus.«

»Ich war schon ganz nah dran, mit dem Boot meines Onkels. Letzten Sommer, als das Meer sehr ruhig war, ist er mit mir hingefahren. Man kriegt richtig Angst, je näher man ihm kommt. In Wirklichkeit ist der Felsen viel größer, als man vom Land aus denkt.« Lisa lächelte. »Nächsten Sommer wollen wir wieder hinfahren und ich darf ein paar Freundinnen mitnehmen. Willst du mitkommen?«

Noch ehe Lilly etwas erwidern konnte, sagte Mrs Beck: »Lisa, zum Reden habt ihr in der Pause noch genügend Zeit. Was ist, willst du die Einzige sein, die keinen Vorschlag macht? Schließlich wollen wir doch den Preis für die meisten Verkäufe bekommen, nicht wahr?«

Als Lilly nach Hause kam, wollte sie Nan gleich von Mrs Becks Vorschlag erzählen, aber Nan hatte in ihrem Atelier zu tun und dann war es Zeit fürs Abendbrot. Gleich anschließend übergab sich Baggins, mitten auf dem Wohnzimmerteppich. Und als das aufgewischt war, kam eine spannende Sendung im Fernsehen. Lilly kam überhaupt nicht dazu, Nan zu fragen, ob sie ihr beim Malen helfen würde.

In dieser Nacht hatte sie einen schrecklichen Traum. Sie hetzte durch die Dunkelheit, verfolgt vom Heulen eines Sturms, der wütend auf sie eindrosch. Immer neue, noch heftigere Windböen ließen sie schutzlos hin und her taumeln und der Boden unter ihren Füßen war so uneben und holperig, dass sie immer wieder stolperte und mühsam um ihr Gleichgewicht kämpfen musste. Sie hoffte, bald einen Unterschlupf zu finden, doch weit und breit war kein schützendes Dach zu sehen. Und hinter ihr türmten sich riesige Wellen auf. Lilly wusste, dass diese Monsterwellen – wenn sie nicht noch schneller rannte – über ihr zusammenbrechen würden und sie ertrinken würde.

Der Wind stürmte und wütete und die Böen hörten sich an wie das Getrampel von Hufen. Voller Verzweiflung schrie Lilly um Hilfe, doch es war niemand da. Auf einmal hörte sie ein neues Geräusch, anfangs noch weit hinter sich, doch es kam von Sekunde zu Sekunde näher. Es klang ebenfalls wie ein Dröhnen, tiefer und anhaltender als der Wind. Das Meer – es holte sie ein! Sie konnte nicht schnell genug rennen, ihre Füße waren schwer wie Blei und es gab kein Entrinnen! Das Rauschen des Meeres klang immer mehr wie eine tiefe, hässliche Stimme, die über das Geheul des Windes hinweg schrie: »GRAU ... GRAU ... GRAU ...!«

»Lilly!« Jemand rüttelte sie an der Schulter. »Lilly, wach auf!«

Unversehens löste sich der Traum in nichts auf, und als Lilly die Augen aufschlug, brannte das Licht und Nan stand neben ihrem Bett.

»Du hast schlecht geträumt, Liebes«, sagte Nan. »Ich habe dich schreien hören. Und du hast um dich geschlagen. Aber es war nur ein Traum. Jetzt bist du wach und alles ist gut. Geht es wieder?«

Lilly nickte, noch zu benommen, um etwas zu sagen.

»Willst du mir von deinem Traum erzählen?«, fragte Nan.

Lilly zögerte, aber dann schüttelte sie den Kopf. »N-nein, lieb von dir, Nan, besser nicht.« Sie drehte den Kopf. »Wie spät ist es?«

»Fast zwei.«

Nan war noch angezogen. »Du warst noch nicht im Bett?«, fragte Lilly überrascht.

»Nein.« Nan seufzte. »Ich weiß, es klingt albern, aber mein neues Bild lässt mir einfach keine Ruhe. Ich kann machen, was ich will, das Pferd wird einfach nicht so, wie ich es gerne hätte.«

»Mrs Beck hat heute im Unterricht deine Pferdebilder erwähnt«, sagte Lilly. »Wir machen einen Weihnachtsbasar für wohltätige Zwecke und sie hat mich gefragt, ob ich nicht vielleicht ein paar Pferde malen könnte.«

»Tatsächlich?«

»Ja. Aber ich kann doch gar nicht malen. Mrs Beck hat vorgeschlagen, dass du mir vielleicht helfen könntest.«

Nan musterte sie. »Du kannst nicht malen, sagst du? Hast du es jemals versucht?«

Lilly hatte Nan die Bilder, die sie von Moonlight gemalt hatte, noch nicht gezeigt. Okay, so schlecht waren sie nicht, aber ... »Nicht wirklich«, gab sie dann zu.

»Na also.« Nan setzte sich auf Lillys Bettkante. »Wie wäre es, wenn du für den Anfang versuchst, mein angefangenes Werk fertig zu malen?« Sie lachte leise. »Ich komme sowieso nicht weiter. Keine Ahnung, warum. Aber vielleicht mag das Bild dich mehr.«

Lilly riss die Augen auf. »Nie im Leben, Nan! Deine Bilder sind toll! Ich würde es nur ruinieren. Und außerdem wäre es, als würde ich mich mit fremden Federn schmücken.«

»Unsinn. Mrs Beck hat es doch selbst vorgeschlagen. Und du kannst ihr auch sagen, was von dir stammt und was von mir.«

»Aber es wäre trotzdem dein Bild.« Lilly konnte es sich nicht erklären, aber der Gedanke, eines von Nans Bildern fertig zu malen, kam ihr – obwohl Nan es selbst vorgeschlagen hatte – nicht richtig vor und machte ihr sogar etwas Angst.

Nan hingegen schien begeistert. »Weißt du was?«, sagte sie. »Ich habe komischerweise nicht das Gefühl, dass es mein Bild ist. Es ist nur ein Gefühl, ich weiß, aber ... irgendwie bin ich der Meinung, dass du es fertig malen solltest.«

»W-wie meinst du das?«, stammelte Lilly.

»Weißt du noch, wie du von deinem ersten Ausritt nach Hause kamst und ich merkte, dass ich mit diesem Bild Probleme hatte? Anfangs war es nur ein vages Gefühl. Ich habe dir ja schon erzählt, dass ich mit meiner Serie von blauen Pferden begonnen hatte, weil ich hoffte, sie seien ... hm, eine Art Schutz, ein positiver Einfluss. Nun, vielleicht sind sie es oder könnten es sein. Aber ich glaube nicht, dass ich es noch beeinflussen kann, zumindest nicht mehr. Meine Zeit ist um, Lilly. Vielleicht bist du jetzt an der Reihe.«

Darauf wusste Lilly nichts zu sagen; sie blickte Nan nur mit großen Augen an. Nan lächelte sie an. »Na ja, es war nur so eine Idee«, sagte sie. »Vielleicht eine verrückte Idee. Aber denk darüber nach, und falls du das Bild zu Ende malen willst ...« Sie erhob sich. »Himmel, wie spät es schon ist! Ich sollte dringend auch ins Bett gehen. Kann ich dich wieder allein lassen, Liebes?«

»Ja, ja«, versicherte ihr Lilly. »Alles in Ordnung. Wirklich.«

»Dann gute Nacht.« Nan drückte Lilly ein Küsschen auf die Stirn und ging hinaus.

Während der nächsten Minuten hörte Lilly ein Klappern im Badezimmer, dann ein Klicken, als Nan ihre Schlafzimmertür zumachte. Am liebsten wollte Lilly rasch wieder einschlafen. Doch sie fürchtete sich vor einem neuen Albtraum und deshalb grübelte sie noch eine Weile über Nans Vorschlag nach. Ihre Großmutter wollte, dass sie das Bild, mit dem sie nicht weiterkam, fertig malte. Das schien ihr voller Ernst zu sein. Weshalb nur traute sie sich nicht?

Lilly konnte sich diese Frage nicht beantworten – und vielleicht wollte sie das auch gar nicht. Sie wälzte sich auf die Seite, griff nach einem Buch und versuchte, sich aufs Lesen zu konzentrieren.

In der Schule steckte Lilly wegen der Sache mit Nans Bild die ganze Woche in einer Zwickmühle. Mrs Beck hatte sie noch einmal gefragt, ob ihre Großmutter ihr helfen würde, und Lilly hatte zu einer Notlüge gegriffen und gesagt, ja, eventuell, aber sie müsse noch einmal nachfragen. Jedenfalls hatte sie sich bis Donnerstag noch zu keiner Entscheidung durchgerungen.

Der Donnerstag war ein stürmischer Tag, und als Nan Lilly von der Schule abholte, regnete es wieder einmal.

»Typisches Oktoberwetter!«, sagte Nan, als Lilly durch den strömenden Regen gerannt und ins Auto gestiegen war. »Zum Glück soll es morgen wieder schöner werden, haben sie im Radio gesagt. Dann kannst du am Wochenende reiten gehen. Das Meer ist sehr aufgewühlt, ich habe vorhin einen Spaziergang am Strand gemacht. Und morgen ist Vollmond. Das dürfte eine Springflut geben.«

Lilly hatte in der Schule bereits gelernt, dass Springfluten besonders hohe Fluten sind, die bei Neu- und Vollmond auftreten, wenn die Anziehungskräfte von Sonne und Mond in die gleiche Richtung wirken. Das Wasser kommt dann sehr viel weiter an Land und zieht sich sehr viel weiter zurück als an anderen Tagen. Mit etwas Glück könnten Joel und sie an diesem Wochenende an der Küste entlangreiten.

Den ganzen Abend über war Chapel Cottage heftigen

Windstößen und Regenschauern ausgesetzt und das Prasseln und Heulen begleitete Lilly bis in den Schlaf. Als sie wieder aufwachte, wurde es gerade hell und im ersten Moment fragte sie sich, was so anders war. Erst dann fiel ihr auf, dass sich der Wind gelegt hatte und die Welt wieder friedlich und ruhig war.

Auf einen Schlag war sie hellwach. Und sofort kam ihr wieder Nans Bild in den Sinn.

Sie zog sich ein Sweatshirt an und tapste leise nach unten. Das erste Licht der Morgendämmerung kroch durch die Fensterläden und Baggins, der in der Küche auf seinem Lieblingsstuhl lag, begrüßte sie mit einem verschlafenen »Miau«.

Lilly ging in Nans Atelier. Es war noch zu dunkel, um viel sehen zu können, doch als sie direkt vor der Staffelei mit dem unfertigen Bild stand, konnte sie es einigermaßen erkennen. Sie stutzte. Auf dem Bild waren nur das Meer und der Himmel zu sehen. Das Pferd, das Nan schon mehrmals skizziert hatte, war verschwunden.

Lillys Herz schlug schneller. Was war passiert? Wo war das Pferd? Ratlos lief sie zum Lichtschalter, und als der große Raum endlich hell erstrahlte, eilte sie zur Leinwand zurück.

Ein Blick genügte, um zu sehen, was für ein Dummkopf sie war. Die Umrisse des Pferdes waren nicht von irgendeiner geheimnisvollen, übernatürlichen Kraft ausgelöscht worden. Nan hatte sie nur übermalt; Lilly konnte erkennen, dass die Farbe an der Stelle, wo zuvor das Pferd gewesen war, noch etwas feucht war.

Mit einem Mal überkam sie ein überwältigendes Verlangen, das zu tun, was Nan ihr vorgeschlagen hatte – das Pferd selbst zu malen. Nan benutzte Kohlestifte, das wusste sie, und in dem Kästchen auf dem Tisch lagen viele davon. Lilly nahm einen heraus und stellte sich breitbeinig vor das Gemälde. Sie stellte sich Moonlight vor, wie er seitlich vor dem Meer stand, mit hoch erhobenem Kopf, Mähne und Schweif vom Wind zerzaust. Wenn sie diesen Anblick nur irgendwie einfangen könnte ...

Sie streckte die Hand aus und zeichnete eine kräftige, geschwungene Linie, genau, wie sie es bei Nan schon öfters gesehen hatte. Doch sie hatte ganz vergessen, dass der Untergrund noch nass war! Statt der klaren Linie, die sie geplant hatte, war jetzt ein breiter, hässlich grauer Fleck auf dem Papier.

Entsetzt starrte Lilly auf das Bild. *Grau* – über dem Blau! All ihre Ängste, die sie in den letzten Tagen so tapfer verdrängt hatte, waren auf einen Schlag wieder da. Sie musste das Grau sofort wieder wegwischen! So durfte sie das Bild nicht lassen!

Sie schnappte sich den nächstbesten Lappen und wischte damit hektisch über den Kohlefleck. Und obwohl sie einen Großteil davon wegwischen konnte, blieb ein verschwommener, grauer Schleier übrig, der zudem noch mehr verschmierte. Jetzt hatte er fast die Umrisse eines Pferdes!

Lilly war kurz davor, die Nerven zu verlieren. Jetzt konnte sie nur noch eines ausprobieren! Nervös wühlte sie zwischen Nans Farbtuben herum, bis sie ein Blau entdeckte, das genau denselben Farbton hatte wie der Ausschnitt auf dem Bild, den sie ruiniert hatte. Sie brauchte fast eine halbe Stunde, bis sie die fleckige Stelle einigermaßen übermalt hatte. Schließlich war das Grau nicht mehr zu sehen. Es war blau übermalt worden. Blau auf Grau. Sie hatte die dunkle Kraft ausgelöscht. Das Böse war gebannt. Ihr würde nichts passieren. Bestimmt nicht.

Lilly war fast übel vor Angst und sie fühlte sich sehr verloren, als sie den Pinsel weglegte. Dann löschte sie das Licht und lief in ihr Zimmer zurück.

10. Kapitel

Trotz Lillys Befürchtungen passierte an diesem Tag nichts Schlimmes. Sie war froh, dass Mrs Beck sie nicht noch einmal auf das Pferdebild ansprach, und als sie von der Schule nach Hause zurückging, freute sie sich darauf, an diesem Wochenende auszureiten.

Doch in der Nacht kehrte der schlimme Traum wieder. Erneut hetzte Lilly keuchend durch die Dunkelheit, bedroht von heulenden Windstößen und einem tosenden Meer. Aber diesmal mischte sich ein anderes Geräusch unter das Toben des Sturms – Glockengeläut. Es war ein lautes, widerhallendes Läuten und in Lillys vom Traum umnebelten Ohren schienen die Glocken zu rufen: »*Blau, Blau! ... Blau! Blau! ...*«

Unvermittelt schreckte sie aus ihrem Traum auf und schnappte entgeistert nach Luft. Um sie herum war alles stockdunkel, doch das Glockengeläut ging weiter. »*Blau ... blau ...*« Die Geräusche waren echt, sie waren direkt hier im Raum ...

Erst da wurde Lilly klar, dass ihr neues Handy klingelte.

Ihre Finger ertasteten das kleine Gerät auf ihrem Nachttisch. »H-hallo?«

»Lilly?« Es war Joel. »Entschuldige, aber ich musste dich anrufen. Hier ist etwas Merkwürdiges im Gange.«

Lillys Herzschlag beschleunigte sich. Joel klang sehr besorgt und vor Angst verkrampfte sich Lillys ganzer Körper. »Was ist?«, flüsterte sie in den Hörer.

»Ich bin vor ein paar Minuten aufgewacht, weil ich Geräusche im Hof gehört habe«, erzählte Joel. »Als ich aus dem Fenster gesehen habe, sah ich Moonlight. Er muss irgendwie aus dem Stall geschlüpft sein. Er ist davongaloppiert, ins Tal hinunter. Ich glaube, er ist zu dir unterwegs. Aber das ist noch nicht alles. Als er am Gatter war, da ... da ...«

Lillys Körper prickelte vor Anspannung und ihre Nackenhärchen richteten sich auf. »Was war da?«, fragte sie.

Es folgte eine kurze Pause. Dann sagte Joel: »Lilly, ich weiß, was ich früher gesagt habe. Dass die Sache mit dem Blauen und dem Grauen Pferd nur eine dumme alte Geschichte ist. Aber vorhin auf dem Hof habe ich etwas gesehen. Ich bin mir sicher, dass ich mich nicht getäuscht und es mir auch nicht eingebildet habe. Aber da war ein anderes Pferd. Ein dunkles, graues Pferd. Es war so real wie du und ich. Und es hat mir in die Augen gesehen. Und dann war es plötzlich wieder verschwunden.«

Joel hatte noch nicht zu Ende erzählt, als Lilly plötzlich ein Geräusch vor ihrem Fenster hörte. Sie erschrak und flüsterte ins Telefon: »Joel, da ist etwas vor meinem Fenster. Ich habe ein Geräusch gehört. Warte kurz ...«

Sie musste ihren ganzen Mut aufbringen, um aus dem

Bett zu steigen, ans Fenster zu gehen und vorsichtig durch die geschlossenen Vorhänge in den Garten zu spähen.

Draußen stand Moonlight. Er hatte nur sein Halfter um, das ausgefranste Ende des zerrissenen Stricks baumelte herab. Das Pferd hob den Kopf und bei Lillys Anblick stieß es ein leises, drängendes Wiehern aus und stampfte ungeduldig mit den Hufen.

»Es ist Moonlight!«, flüsterte sie. »Er ist hier!«

»Versuch ihn einzufangen«, sagte Joel und klang noch angespannter als zuvor, »und warte dann auf mich! In fünf Minuten bin ich da. Und, Lilly ... so allmählich fange ich an, dir zu glauben.«

Hastig beendete er das Gespräch. Moonlight wieherte erneut und stampfte ungeduldig mit den Vorderhufen. Hoffentlich würde er nicht gleich wieder verschwinden! Lilly ließ den Vorhang los und zog sich schnell an.

Es war dunkel und ruhig im Haus, als sie sich leise nach unten tastete. Sie dachte kurz darüber nach, ob sie Nan wecken sollte, doch ihre innere Stimme riet ihr davon ab. Joel war bereits unterwegs, zu zweit würden sie mit Moonlight spielend leicht fertig werden.

Lilly gelang es, die Hintertür zu öffnen, ohne dass sie allzu laut quietschte. Leise schlüpfte sie ins Freie. Die Nachtluft war kühl. Lilly fröstelte. Der Vollmond stand hoch oben am Himmel, überstrahlte die Sterne und tauchte den Garten und das umliegende Tal in ein gespenstisches, silbriges Licht. Er ließ auch Moonlights Fell silbrig glänzen. Als Lilly auftauchte, kam das Pferd sofort auf sie zu und drückte sein warmes Maul in ihre ausgestreckten Hände.

»Moonlight!« Lilly streichelte ihn. »Ganz ruhig, alles ist gut. Was machst du hier? Was willst du?«

Das Pferd gab leise, aufgeregte, kehlige Laute von sich. »Psst«, sagte Lilly besänftigend. »Alles ist gut. Joel ist schon auf dem Weg und – oh!«

Moonlight machte einen Satz von ihr weg, warf den Kopf zurück und schüttelte seine Mähne. In letzter Sekunde konnte Lilly noch das abgerissene Ende des Stricks packen, um Moonlight festzuhalten.

»Moonlight, nein! Was ist nur los?« Sie versuchte, beruhigend auf ihn einzureden, doch er schnaubte und stampfte. Und als sie ihn am Strick zu sich ziehen wollte, wich er erneut zurück, und zwar so ungestüm, dass Lilly fast hingefallen wäre. Verzweifelt hielt sie das Ende des Stricks umklammert, während sie und Moonlight einen merkwürdigen, lautlosen Tanz durch den halben Garten vollführten. Zweimal wäre es Moonlight fast gelungen, sich loszureißen, und Lilly stand kurz davor, den Kampf aufzugeben und nach Nan zu rufen. Doch dann hörte sie auf einmal Schritte auf dem Weg und war heilfroh, dass Joel endlich da war.

»Schnell!«, rief sie im Flüsterton. »Ich kann ihn kaum noch halten.«

Joel kam zu ihr gerannt und zu zweit schafften sie es endlich, Moonlight unter Kontrolle zu bringen. Das Pferd schwitzte und stampfte nervös und einmal musste Lilly sogar einen Satz rückwärts machen, um ihre Füße vor seinem Huf in Sicherheit zu bringen.

»Was ist nur in ihn gefahren?«, fragte sie keuchend.

»Keine Ahnung.« Auch Joel schnaufte von der Anstrengung, das Pferd zu bändigen. »Es muss einen Grund geben, warum er zu dir gekommen ist. Wenn ich nur wüsste, was es ist! Moonlight! Moonlight, alter Junge, was ist nur in dich gefahren? Halt still!«

Moonlight senkte den Kopf und es sah ganz so aus, als würde er gehorchen. Joel lockerte seinen Griff um das Seil – und schon machte Moonlight einen Satz und war frei. Er warf die Vorderhufe in die Luft, machte gleichzeitig eine halbe Drehung, und noch ehe Lilly oder Joel reagieren konnten, galoppierte er davon. Das kleine Gartenmäuerchen war kein Hindernis für ihn, er flog darüber hinweg, als hätte er Flügel, und war gleich darauf in der Dunkelheit verschwunden.

Lilly und Joel liefen zum Gartentor. »In welche Richtung ist er galoppiert?«, fragte Joel außer Atem.

»Zum Strand hinunter, glaube ich. Komm schnell!«

Lilly rannte los, flitzte um die Biegung des Weges – und blieb dann so plötzlich stehen, dass Joel sie fast umgerannt hätte.

Moonlight stand mitten auf dem Weg und blickte ihnen entgegen. Ein vom Meer kommender Wind plusterte seine Mähne und seinen Schweif auf, dass sie aussahen wie weiße Rauchfahnen. Er stieß ein schrilles Wiehern aus.

»Moonlight …« Ganz langsam ging Lilly auf das Pferd zu und streckte besänftigend eine Hand aus.

»Sei vorsichtig«, flüsterte Joel. »Er darf sich nicht noch mehr aufregen, sonst geht er wieder durch.«

Moonlight ging nicht mehr durch. Doch immer, wenn Lilly einen Schritt vorwärts machte, machte er einen Schritt rückwärts. Einfangen ließ er sich nicht. Aber weglaufen wollte er offenbar auch nicht.

»Joel«, sagte Lilly leise, »er will, dass wir ihm folgen.«

»Das ist doch verrückt!«, entgegnete Joel. »Er ist nur ein Pferd, er kann nicht denken wie ein Mensch.«

»Da bin ich anderer Meinung. Und ich denke auch nicht, dass er nur ein Pferd ist. Ich beweise es dir.«

Sie machte einen weiteren Schritt auf Moonlight zu und sagte laut: »Gut, Moonlight. Ich komme mit. Ich gehe mit dir.«

Sie ging den Weg entlang. Ein, zwei Sekunden lang beobachtete Moonlight sie argwöhnisch, dann drehte er sich um und trottete vor ihr her. Nach ein paar Schritten blieb er stehen und schaute zurück. Als er sah, dass Lilly noch hinter ihm war, setzte er sich wieder in Bewegung.

»Siehst du?«, rief Lilly zu Joel nach hinten.

Joel sagte nichts mehr. Er rannte ihr nach und gemeinsam hasteten sie hinter Moonlight den Weg zum Strand hinunter.

11. Kapitel

Das weiße Pferd ging ungeduldig vor ihnen her. Joel hatte eine Taschenlampe dabei, deren Lichtstrahl er dicht vor ihre Füße richtete, damit sie sehen konnten, wohin sie traten, und auf dem unebenen Weg nicht stolperten. Lilly war schrecklich aufgeregt. Einmal warf sie einen Blick über die Schulter. Dort hinten lag Chapel Cottage, das ihr auf einmal wie ein sicherer Hafen erschien; vor ihnen lag das Unbekannte, Geheimnisvolle, vielleicht sogar Gefahr. Ihre innere Stimme, die Stimme der Vernunft, sagte ihr: *Tu es nicht – geh nach Hause zurück, wo du es schön warm hast und dich sicher fühlen kannst.* Lillys Wunsch wegzulaufen wurde immer stärker, aber sie kämpfte dagegen an. Sie hatte Vertrauen zu Moonlight. Und Joel war schließlich auch noch da. Egal, was auch passieren würde, wohin das Pferd sie auch führen würde, sie würde es durchziehen. Wer A sagt, muss auch B sagen. Sie bemühte sich, sich nicht mehr umzudrehen, und ging weiter.

Die zu ihrer Linken aufragende Steilküste verdeckte den Mond, sodass Joels Taschenlampe nun ihre einzige Lichtquelle war. Moonlight konnten sie nicht mehr sehen, aber sie hörten das Meer, ein tiefes, auf- und abwogendes Gemurmel in der Nacht.

»Wir sind gleich am Wasser«, flüsterte Joel.

Lilly nickte, doch als ihr einfiel, dass er das im Dunkeln ja gar nicht sehen konnte, fügte sie ein leises »Ja« hinzu. Der Boden wurde noch unebener und sie mussten langsamer gehen, um sich nicht gar einen Knöchel zu verstauchen. Dann endlich waren sie am Ausgang des Tals und das offene Meer lag vor ihnen.

Die dunklen Schatten der Klippen fielen auf den Sand und machten ihn fast unsichtbar, doch jenseits der Landzunge war die Landschaft wieder vom Mond beschienen. Das Wasser hatte sich sehr weit zurückgezogen und die Umrisse der Brecher zeichneten sich gespenstisch weiß vor dem bleigrauen Meer ab.

Joel schwenkte die Taschenlampe ein Stück höher. Ihr Strahl fiel auf Moonlight, der wie ein Phantompferd aussah. Er schaute sie an und schien auf sie zu warten. Erst als sie weitergingen, ging Moonlight auch weiter und verschwand schließlich hinter der Böschung.

Im Schein des unruhig hin und her huschenden Lichtkegels der Taschenlampe schlitterten sie ihm nach, bis ihre Füße im weichen Sand versanken. Moonlight sahen sie nur als blasse, undeutliche Gestalt, die auf das Wasser zugaloppierte. Am Ende der Landzunge, wo der Sandstrand begann, blieb er stehen und der Wind trug sein schrilles Wiehern bis zu ihnen herüber.

Lilly sprang durch den schmalen Wasserstreifen, der sich

längs des Ufers erstreckte, und rannte auf Moonlight zu. Als sie aus dem Schatten der Landzunge trat, kam das kalte Licht des Mondes wieder hinter dem Kliff hervor und hüllte die ganze Szenerie in ein gespenstisches Licht. Der Wind war hier sehr viel stärker, er peitschte Lillys Haare nach hinten und blies einen feinen Gischtnebel in ihr Gesicht. Das Rauschen der Wellen schwoll zu einem Tosen an. Lilly hatte das Gefühl, eine Stimme würde sie rufen – eine Stimme, von der eine gespenstische, stumme Kraft ausging. Sie blieb stehen und sah sich unsicher um, doch dann wieherte Moonlight wieder leise und kam ihr ein paar Schritte entgegen, so als wollte er sie abholen.

»Moonlight!« Lilly schlang die Arme um seinen Hals und spürte seinen warmen Atem auf ihrem Gesicht. »Was ist denn? Was willst du?«

In diesem Augenblick war auch Joel bei ihnen angelangt und packte Moonlights Strick. Diesmal ließ er es zu und wich nicht aus. Doch dann zog er, nicht sehr heftig, aber mit großer Entschlossenheit.

»Er will, dass wir ihm noch weiter folgen«, sagte Joel. »Nur wohin, um alles in der Welt?«

»Wenn ich das wüsste …«, sagte Lilly. »Aber wir haben vermutlich keine andere Wahl, als ihm zu folgen.«

Moonlight zog etwas heftiger an dem Strick, als wollte er Lillys Worte bekräftigen. Joel sah aufs Meer hinaus und kniff die Augen zusammen. »Das Wasser kommt zurück. Die Flut setzt ein.«

»Kann sein, aber wir müssen herausfinden, was Moonlight will!« Ratlos blickte Lilly nach links und rechts, wo sich der Strand in der Ferne verlor. Sie musste sich eingestehen, dass sie Angst hatte. Angst vor der Nacht, der donnernden Brandung und der einlaufenden Flut. Aber sie waren schon so weit gegangen. Jetzt aufzugeben wäre dumm.

»Na schön«, sagte Joel und seufzte. »Lassen wir uns noch ein Stück weiter führen und sehen, was er vorhat.« Er lockerte den Führstrick. »Los, Moonlight! Zeig es uns!«

Moonlight setzte sich sofort in Bewegung. Lilly und Joel gingen neben ihm her und zuerst dachten sie, das Pferd würde sie direkt ans Ufer führen. Aber dann machte Moonlight plötzlich einen Schlenker nach links und Joel begriff, was er im Sinn hatte.

»Er will um die Landzunge gehen!«, rief er. »Der helle Wahnsinn! Das wäre viel zu gefährlich. Dort werden wir womöglich von der Flut abgeschnitten!« Er zog an dem Strick, um das Pferd am Weitergehen zu hindern. »Moonlight! Moonlight, brrrr!«

Moonlight wehrte sich, wieherte und bäumte sich auf und Lilly rief: »Joel, lass ihn weitergehen! Er weiß, was er tut.« Sie waren ganz nah dran, das spürte sie – an etwas sehr Wichtigem!

Ohne lange zu überlegen, riss sie Joel den Strick aus der Hand. Joel wollte sie warnen und rief: »Lilly, nicht!«, doch es war zu spät. Moonlight trabte bereits davon und Lilly rannte mit dem Strick in der Hand hinter ihm her. Joel zögerte nur kurz. Dann rannte er ihnen nach.

Moonlight schien zu spüren, dass Lilly sein schnelles Tempo nicht lange durchhalten konnte, denn nach einer Weile verlangsamte er seine Schritte. Lilly spürte, wie aufgeregt das Pferd war. Es war wie eine Art elektrischer Strom, der durch den Führstrick auf sie überging. Was immer Moonlight ihr auch zeigen wollte, es konnte nicht mehr weit weg sein.

Das Pferd trabte an der ersten Höhle vorbei, steuerte dann zielsicher die zweite an. Das Innere der Höhle sah schwarz, groß und bedrohlich aus, und die fieberhafte Aufregung, die Lilly eben noch gefühlt hatte, hatte einer Welle von Angst Platz gemacht. Sie versuchte, sich zusammenzureißen, und sagte sich, dass es nur eine Höhle war und dass die Dunkelheit ihr nichts anhaben konnte. Moonlight ging nun im Schritttempo und sie legte ihre Hand an seinen Hals, um sich Mut zu machen.

Als Lilly und Moonlight im Höhleneingang standen und gerade hineingehen wollten, hatte Joel sie eingeholt. »Lilly!« Er packte sie am Arm. »Geh nicht hinein!«

Moonlight schnaubte wütend. Lilly starrte in die schwarze Höhle und schluckte. »Doch, ich muss«, sagte sie mit bebender Stimme. »Moonlight will es. Es ist wichtig.«

»Sieh dir die Flut an!« Joel zeigte aufs Ufer. »Das Wasser steigt wahnsinnig schnell an. Uns bleibt keine Zeit mehr!«

»Doch!«, sagte Lilly trotzig. »Moonlight weiß es besser. Er würde nicht zulassen, dass mir etwas zustößt.« Ihr Blick war bittend und herausfordernd zugleich. »Ich muss es tun, Joel. Und ich tue es, ob du mitkommst oder nicht!«

Joel öffnete den Mund, um etwas zu entgegnen, aber dann merkte er, dass es nichts nützen würde. Er spürte Lillys Entschlossenheit und wusste, dass er sie nicht von ihrem Vorhaben abbringen konnte.

»Na gut.« Er zuckte mit den Schultern. »Aber ich warte an der Landzunge und behalte das Meer im Auge. Hier, nimm die Taschenlampe mit! Wenn das Wasser zu nahe kommt, rufe ich. Und was immer du auch gerade tust, du lässt sofort alles stehen und liegen und kommst zurück, verstanden?«

»Versprochen«, sagte Lilly. Sie blickte auf das Wasser, das wirklich schon beängstigend nahe schien. Sie fröstelte.

»Gib mir Moonlights Strick!«, sagte Joel. »Es ist besser, wenn er bei mir bleibt. Er ist übernervös. Allein bekommst du ihn sicher nicht gebändigt.« Lilly zögerte, doch er ließ ihr keine Zeit zu widersprechen. »Gib schon her!«

Offenbar wollte Moonlight Lilly jedoch nicht allein lassen. Er tänzelte herum und warf den Kopf zurück, doch Joel hielt den Strick mit aller Kraft fest. Lilly machte ein paar zögernde Schritte nach vorne und blickte dann noch einmal zu den beiden zurück. Moonlight schaute sie eindringlich an, Joels Gesicht lag im Schatten. Lilly holte tief Luft und betrat die Höhle.

Das Rauschen der Wellen bekam hier ein hohles Echo, je weiter sie vordrang. Es war kalt hier drin, eine feuchte, beklemmende Kälte, die bis in ihre Knochen zu dringen schien. Was sollte sie hier? Es war kein schönes Gefühl, allein in dieser Höhle zu sein, und Lilly wäre am liebsten zu Joel gerannt, um ihn zu bitten, sie zu begleiten. Doch als sie den Kopf drehte und den silbrig grauen Küstenstreifen sah, wurde ihr klar, wie beängstigend nahe die Flut schon war. Es war gut, dass Joel draußen Wache hielt. Sie hatte so wenig Zeit ...

Entschlossen blickte sie wieder nach vorn und ließ die Taschenlampe langsam über die Höhlenwände gleiten, von einer Seite auf die andere. Zuerst fiel der Lichtstrahl nur auf zerklüftetes, kantiges Gestein, geädert mit blassen Streifen. Doch als der Lichtstrahl über die hintere Wand der Höhle huschte, blitzte auf einmal etwas auf – ein kurzes, helles Flackern, das definitiv nicht von der Taschenlampe kam.

Lilly blieb das Herz stehen, doch nur, um danach umso heftiger zu schlagen. Dort an der Rückwand war ein Spalt. Und darin steckte etwas. Etwas Schimmerndes.

Um ganz sicherzugehen, schaltete sie die Taschenlampe kurz aus. Das Glühen blieb und Lilly konnte sehen, dass ein kleiner Gegenstand in der Felsspalte steckte, in etwa drei Metern Höhe. Was es war, konnte sie jedoch nicht erkennen. Aber sie hatte das sichere Gefühl, dass es das war, worauf Moonlight sie aufmerksam machen wollte.

Sie knipste die Taschenlampe wieder an und inspizierte den Boden. Im hinteren Teil der Höhle hatte sich ein Wassertümpel gebildet, doch er sah nicht sehr tief aus, und gleich dahinter erhob sich die Felswand, an der sie gut hinaufklettern konnte. So könnte sie die Felsspalte erreichen.

Lilly zog Schuhe und Strümpfe aus, rollte die Hosenbeine ihrer Jeans hoch und watete vorsichtig durch den Tümpel. Das Wasser reichte ihr nicht einmal bis zu den Knien. Ihre Füße kribbelten, als sie sie auf den ersten Felsvorsprung aufsetzte. Das Schimmern war noch zu sehen, doch es schien langsam schwächer zu werden. Zum Glück hatte Lilly sich die Stelle gut gemerkt. Jetzt musste sie nur noch ein Stück höher klettern und dann den Arm ausstrecken.

Lillys Fuß tastete nach einem sicheren Halt. Mit einer Taschenlampe in der Hand zu klettern, war nicht so einfach, und sie bewegte sich langsam und vorsichtig. Es sollte nicht lange dauern, bis sich ihr Kopf in Höhe des mysteriösen kleinen Gegenstands befand. Das Schimmern war inzwischen ganz erloschen und ein kleiner Felsvorsprung warf seinen Schatten über die Stelle, die Lilly im Auge hatte. Trotz der Taschenlampe konnte Lilly noch immer nicht erkennen, was es war. Es sah aus wie ein Stein, viel kleiner als ihre Faust ... Dann begriff sie plötzlich, was es sein musste! Das fehlende Stück der Pferdefigur, die sie zerbrochen hatte: ein Teil vom Kopf des Grauen Pferdes, mit dem die Figur wieder komplett wäre! Nachdem sie es leichtsinnigerweise ins Meer geworfen hatte, war es vermutlich in diese Höhle gespült worden. Sie konnte es sich zwar nicht erklären, aber irgendwie musste Moonlight es gewusst haben!

Das war der Glücksfall, auf den sie so verzweifelt gehofft hatte – die Chance, ihren Fehler wieder gutzumachen. Lilly holte tief Luft und versuchte, sich zu beruhigen. Dann streckte sie die Hand aus und ihre Finger umschlossen den Stein. Er war glitschig, und als sie ihn aus der Spalte ziehen wollte, rutschten ihre Finger mehrmals ab. Doch nach einigen Anläufen bekam sie ihn endlich zu fassen. Hastig steckte sie ihr Fundstück in ihre Jackentasche und machte sich an den Abstieg. In aller Eile watete sie durch den Tümpel zurück und ging auf den Höhlenausgang zu.

Auf dem Weg dorthin griff sie neugierig in ihre Jackentasche, um zu sehen, was sie da gefunden hatte, als sie aus dem Augenwinkel plötzlich eine Bewegung wahrnahm.

Lilly riss den Kopf hoch ... und erstarrte. Eine dunkle Gestalt versperrte ihr den Weg aus der Höhle!

Es war ein Pferd, ein großes graues Pferd – grau wie ein Sturm. Es hatte alle vier Beine fest in den Boden gestemmt und hielt den hässlichen Kopf gesenkt. Seetang hing in seiner Mähne, die Augen, die sie drohend anstarrten, funkelten wie eisiger Stahl. Die ganze Kreatur strahlte ein frostiges, gespenstisches Licht aus. Durch dieses unheimliche Schimmern und sogar durch seinen Körper hindurch konnte Lilly verschwommen die Küste und die einlaufende Flut sehen.

Lilly war unfähig, sich zu bewegen. Sie stand wie gelähmt da, die Augen angstvoll geweitet, als ihr mit einem Mal die ganze, erschreckende Wahrheit dämmerte.

Das Graue Pferd war nicht nur eine Legende. Es existierte wirklich. Und sie stand ihm gerade Auge in Auge gegenüber.

12. Kapitel

Lillys Lippen bebten, ihr Mund öffnete und schloss sich wieder. Sie wollte einen Schrei ausstoßen, um Joel zu rufen. Doch es kam kein Laut über ihre Lippen. Hilflos und verschreckt stand sie da und war vor lauter Angst zu keiner Bewegung fähig.

Das Graue Pferd senkte seinen scheußlichen Kopf noch tiefer und zeigte in einer stummen Drohgebärde seine Zähne. Lilly wollte seinem Grauen erregenden Blick ausweichen, doch sie stand wie unter einem Bann.

Sie merkte, dass ihre Hand sich wie von selbst zu ihrer Jackentasche bewegte, um nach dem scharfkantigen Stein zu tasten, den sie gerade aus der Felsspalte gezogen hatte. Das Graue Pferd wollte diesen Stein haben. Sein einschüchternder Blick zwang sie, ihn aus der Tasche zu holen und ihm zu übergeben ...

Lillys Verstand riet ihr, es nicht zu tun. Doch die schrecklichen, wilden Augen ließen sie nicht los und lähmten ihren Willen. Sie konnte und wollte sich nicht widersetzen ...

Auf einmal riss das Graue Pferd sein Maul auf und ein tiefes, hässliches Geräusch kam heraus. Eine neue Welle von Panik durchflutete Lilly und endlich fand sie wieder zu sich. Sie überlegte nicht lange; instinktiv rannte sie los, um an dem Grauen Pferd vorbei ins Freie zu stürmen.

Doch sie hatte noch keine drei Schritte gemacht, als eine unsichtbare Kraft sie zurückriss, so als wäre sie ein Blatt im Wind. Ihre Knie gaben nach und sie fiel auf den sandigen Höhlenboden. Lilly rollte zur Seite, bis sie an einen Felsen prallte. Keuchend setzte sie sich auf. Das Graue Pferd hatte sich nicht von der Stelle gerührt und starrte sie noch immer an. Auf einmal begriff Lilly, was ihr drohte. Das Graue Pferd wollte den Stein haben, aber selbst dann würde es sie nicht vorbeilassen. Die scheußliche Kreatur würde sie nicht gehen lassen. Ein verzweifelter Blick an dem Monster vorbei sagte ihr, dass die Flutwellen immer näher kamen. In wenigen Minuten würden sie die Landzunge erreicht haben und ihr den Fluchtweg abschneiden.

»Joel!« Es kostete Lilly eine fast übermenschliche Anstrengung, ihre Stimme wiederzufinden, aber dann schrie sie endlich aus Leibeskräften: *»Joel, Hilfe! Hilf mir!«*

Keine Reaktion. Wo war Joel? Hatte er das Graue Pferd gesehen? Wusste er überhaupt, in welcher Gefahr sie sich befand? Er hatte ihr doch versprochen, Wache zu halten – warum war er nicht da, jetzt, wo sie ihn so dringend brauchte?

»Joel!«, rief sie noch einmal, doch ihr Schrei verlor sich unter einem gewaltigen Tosen, hervorgerufen durch eine einzige, riesige Welle, die sich draußen auf dem Meer aufgetürmt hatte und sich nun beängstigend und unnatürlich

schnell landeinwärts wälzte. Weiße Schaumkronen brandeten fast bis zum Höhleneingang. Lilly durfte keine Sekunde mehr verlieren. Sie musste hier raus! Sie musste das Graue Pferd überlisten. Das war ihre einzige Chance!

Lilly holte tief Luft und nahm all ihre Kraft zusammen. Dann sprang sie mit einem Satz auf die Füße und stürzte auf den rettenden Ausgang zu.

Das Graue Pferd stieß ein schrilles Wiehern aus, stellte sich auf die Hinterfüße und ruderte mit den Vorderhufen. Lilly wich wieder zurück – und beim Rückwärtstaumeln hörte sie eine weitere hohe Welle heranbrausen. Wie von den dunklen Kräften des Pferdes heraufbeschworen, schoss eine tosende Wasserwand zum Eingang herein. Sie riss Lilly um und spülte sie in die Höhle zurück. Prustend und spuckend streckte sie die Hände aus, um sich an einem Felsen festzuhalten, aber sie griff daneben. Die Welle krachte donnernd gegen die Rückwand der Höhle, und als sie wieder zurückschwappte, wurde Lilly in ihrem Sog zurück zum Eingang gespült. Sie konnte nur einen flüchtigen Blick auf das sich aufbäumende Graue Pferd erhaschen, dann wurde sie auch schon durch den Eingang ins Freie gespült und mit voller Wucht in die einlaufenden Flutwellen geschleudert.

Die nächsten Sekunden, in denen Lilly hilflos den aufgewühlten Wellen ausgesetzt war, kamen ihr vor wie eine gespenstische Achterbahnfahrt in pechschwarzer Nacht und in silbrig glänzendem Wasser. Sie versuchte zu schwimmen, doch sie war nur ein Spielball der donnernden See. Eine weitere mächtige Welle schlug über ihr zusammen, spülte sie wieder nach oben, so als wäre sie ein federleichter Korken, und warf sie zu guter Letzt an den Strand. Dann zog sich die Welle zurück und Lilly lag keuchend, hustend und prustend da und hätte sich am liebsten so lange nicht mehr gerührt, bis das grässliche Pochen in ihrem Kopf endlich aufhörte. Aber das ging nicht. Sie musste von hier weg!

Mühsam richtete sie sich auf und rannte taumelnd auf die Landzunge zu. Doch es war zu spät. Die hohen Wellen hatten den Fuß der Landzunge inzwischen erreicht. Oh nein! Sie war abgeschnitten!

Als sie keuchend und ratlos stehen blieb, übertönte ein schauriges Geheul das Rauschen des Meeres. Erschrocken warf Lilly einen Blick zurück und konnte gerade noch sehen, wie das Graue Pferd aus der Höhle ins mondbeschienene Freie stürmte. In wildem Galopp jagte es genau an der Wasserlinie entlang und veränderte plötzlich seine Form. Es wurde zu einem Teil des Meeres, und als es mit dem Wasser verschmolz, erhob sich draußen im Meer eine riesige Welle mit einer grauen Schaumkrone, die sich bedrohlich landeinwärts bewegte.

Lillys Schreie wurden vom Brausen der Brandung übertönt. Dann hörte sie ein schrilles, durchdringendes Wiehern. Sie wirbelte herum und sah ein zweites Pferd, das von der Landzunge her mitten durch die stürmischen Wellen auf sie zugaloppiert kam. Lilly konnte das bläuliche Schimmern des Fells erkennen – und stellte erleichtert fest, dass ihr die Dunkelheit keinen Streich spielte.

»*Moonlight!*« Taumelnd rannte sie über den feuchten Sand auf das weiße Pferd zu, das durch das Wasser auf sie zugaloppiert kam. Abrupt kam es vor ihr zum Stehen. Lilly packte seine Mähne, legte ihren Arm um seinen Hals und schwang sich mit einem hektischen Sprung auf seinen Rücken. Moonlight machte auf der Stelle kehrt und galoppierte mit Lilly zur Landzunge zurück.

Der graue Wellenkamm überschlug sich mit voller Wucht genau an der Stelle, wo Lilly bis eben noch gestanden hatte, und eine riesige Gischtfontäne spritzte auf. Doch Moonlight war schon weit genug entfernt. Er stürzte sich wieder in die Fluten und begann zu schwimmen. Wilde Wellen umtosten und umspülten Lilly, um sie von Moonlights Rücken zu reißen, doch sie hatte beide Arme um seinen Hals gelegt und hielt sich mit aller Kraft an ihm fest.

Allein hätte es Lilly niemals geschafft, gegen die Flut anzuschwimmen. Aber Moonlight umrundete mit kraftvollen Schwimmbewegungen die Landzunge und wandte sich dann, fast auf den Wellen reitend, dem Ufer zu. Er kam kurz ins Straucheln, als er auf einmal Sand unter den Hufen spürte, und als er langsam aufs rettende Ufer zu galoppierte, spritzte links und rechts von ihm das Wasser auf. Erst in sicherer Entfernung vom Meer fing er an zu traben. Eine Gestalt kam auf sie zu gerannt und über das Pochen in ihrem Kopf hinweg hörte Lilly plötzlich Joels vertraute Stimme.

»*Lilly!*« Er fing sie auf, als Moonlight stehen blieb und sie wie benommen von seinem Rücken glitt. Joel schlang beide Arme um Lilly und stammelte: »Gott sei Dank, du bist gerettet! Ich dachte schon ... ich dachte ...«

»M-Moonlight hat mich gerettet«, flüsterte Lilly und versuchte, das Klappern ihrer Zähne abzustellen. »Ich war abgeschnitten und ...« Es lief ihr kalt den Rücken hinunter.

»Ich weiß«, sagte Joel. »Die Flut lief so rasch ein, dass ich nicht mal dazu kam, um die Landzunge zu rennen, um dich zu warnen. Und da ist Moonlight durchgedreht. Er hat sich losgerissen, um zu dir zu kommen.« Joel schluckte. »Ich wollte gerade losrennen, um Hilfe zu holen, als ich ihn plötzlich mit dir auf dem Rücken durch die Brandung kommen sah. Oh, Lilly ...«

Ohne sie loszulassen, blickte er hinaus aufs Meer. Aber Lilly merkte, dass er die Umgebung gar nicht wahrnahm. In seinen Augen lagen Angst und Bestürzung und er wirkte merkwürdig geistesabwesend.

Mit einem zaghaften Lächeln sagte sie heiser: »Es geht mir wieder gut, wirklich.«

Joel erwachte aus seiner Trance und kehrte auf den Boden der Tatsachen zurück. »Du bist pitschnass«, sagte er besorgt. »Ich wette, du frierst. Schnell, zieh deine Jacke aus! Du kannst meine haben.«

Lilly schlüpfte aus ihrer Jacke, doch als sie sie achtlos in den Sand fallen lassen wollte, fing Moonlight plötzlich an zu schnauben und zu stampfen. Er senkte den Kopf und schnüffelte an einer der Taschen – und da fiel Lilly wieder die Tonscherbe ein, die sie in der Höhle gefunden hatte und die das Graue Pferd unbedingt haben wollte! Gespannt griff sie in die Tasche und holte sie heraus. Sie standen außerhalb des Schattens der Klippen, und als sie nun die Hand öffnete, beschien der Mond den kleinen Gegenstand.

Zu ihrer Bestürzung sah sie, dass es nicht das fehlende Stück der Tonfigur war, wie sie gedacht hatte, sondern nur ein Stein, ein gewöhnlicher, nichts sagender Stein – an dem nichts Besonderes war, abgesehen davon, dass er mit winzigen Seepocken bewachsen war.

Aber was war das? Irgendwo zwischen den Seepocken blitzte etwas Blaues auf ... Lillys Pulsschlag beschleunigte sich. Gespannt kratzte sie ein paar der kleinen Pocken ab.

Der Stein zerbrach in mehrere Einzelteile und enthüllte, was in seinem Inneren verborgen war: ein wunderschön geformtes Stück Glas, vom Meer glatt poliert wie ein Kieselstein, das in einem tiefen Saphirblau schimmerte.

»Hier, meine Jacke«, sagte Joel. »Und mein Fleecepulli. Zieh sie an!« Er stutzte. »Was hast du da?«

Lilly hob den Kopf. »In der Höhle habe ich einen Stein gefunden«, erklärte sie ihm. »Ich habe ihn mitgenommen, und als ich ihn gerade sauber reiben wollte, ist er zerbrochen.« Sie streckte die Hand aus. »Sieh mal, das war im Inneren. Ich glaube, das war es, was ich finden sollte.«

Wie zur Bestätigung wieherte Moonlight leise. Joel betrachtete das blaue Glasstück und stieß einen leisen Pfiff aus. »Das ist ja richtig unheimlich ...« Spontan streckte er die Hand danach aus, ließ sie dann aber wieder sinken, als hätte er Angst vor einer Berührung. »Dann pass in Zukunft gut darauf auf!«

»Das werde ich tun«, antwortete Lilly entschlossen. Dann schob sie das Glasstück vorsichtig in die Tasche ihrer Jeans und zog sich Joels Fleecepulli und seine Jacke über. Sie fröstelte, aber das lag nur an der Kälte, an nichts anderem.

»So!«, sagte Joel. »Wir müssen so schnell wie möglich nach Hause, damit du dir was Trockenes anziehen kannst. Keine Ahnung, wie wir das deiner Großmutter erklären sollen.«

Das war im Moment Lillys geringste Sorge. Und außerdem, dachte sie, wenn jemand es verstehen würde, dann Nan!

Als sie sich auf den Heimweg machten, sagte Joel plötzlich: »Lilly, das blaue Glasstück ... Moonlights Verhalten ... Irgendwie muss es wichtig sein, oder? Aber weißt du, was es bedeutet?«

Lilly warf einen Blick zurück zum Meer und zur zerklüfteten Landspitze. Von einer Riesenwelle mit einer grauen Schaumkrone war nichts mehr zu sehen, nichts, was auf das Graue Pferd hingewiesen hätte. Es war verschwunden, zumindest fürs Erste. Würde es wiederkommen? Das wusste Lilly nicht. Aber sie war inzwischen davon überzeugt, dass ein guter Geist sie in ihrem Kampf gegen das Graue Pferd unterstützte, und am heutigen Abend hatte dieser Geist ihr Moonlight geschickt, damit er sie zu dem Glasstein führte. Dieser blaue Stein war ein Talisman, der ihr bewies, dass das Blaue Pferd irgendwo da draußen war. Wenn sie es doch nur finden würde! Dann erst könnte sie ihren großen Fehler wieder gutmachen und das Graue Pferd mit seinen dunklen Kräften wieder in seine Schranken weisen.

Lilly ahnte, dass das heute nicht ihre letzte Begegnung mit dem Grauen Pferd gewesen war. Das böse Zauberpferd war ein Teil ihrer Familiengeschichte und Lilly hatte inzwischen begriffen, was Nan gemeint hatte, als sie sagte: »Vielleicht bist du jetzt an der Reihe.« Es war ein erschreckender Gedanke. Doch nun besaß sie einen Gegenstand, in dem ein Teil der Kraft des Blauen Pferdes steckte. Sie hatte jetzt einen Talisman, der sie beschützte.

Joel griff nach Lillys Hand und drückte sie. Lilly hatte seine Frage nicht beantwortet, aber vielleicht konnte sie ihm eines Tages mehr davon erzählen. Lilly wusste, was immer auch passieren würde, er und Moonlight wären an ihrer Seite. Gemeinsam würden sie es schaffen.

Und außerdem gab es auch noch das Blaue Pferd, das auf sie wartete.

Irgendwo da draußen ...